評論集：宮沢賢治と遠藤周作
―日本文学における宗教経験の諸相―

Essays on Miyazawa Kenji and Endo Shusaku:
Religious Experiences in Japanese Literature.

伊藤 和光
Kazumitsu Ito

評論集：宮沢賢治と遠藤周作
―日本文学における宗教経験の諸相―

Essays on Miyazawa Kenji and Endo Shusaku:
Religious Experiences in Japanese Literature.

伊藤 和光

はしがき

　この本では、文芸評論、特に「宗教的な救い」というテーマから見た日本文学論に関して論述する。
　そのため、2人の作家、すなわち、宮沢賢治と遠藤周作を、主な考察対象とした。
　宮沢賢治は仏教徒であり、それに対して、遠藤周作はキリスト教徒である。
　2人の作品には、自身の宗教経験が色濃く反映されていると思われる。
その点について、詳しく論述を展開するように努力した。
　最後の附録では、この2人の作家に共通な、そして根底に低層流として流れている「日本人の素朴な信仰心」に関して考察した。

目　次

はしがき　　3

1　序章　5
2　宮沢賢治と法華経信仰　15
3　遠藤周作とカトリックの信仰　19
4　宮沢賢治の作品における法華経信仰　25
5　宮沢賢治の研究文献について　39
6　遠藤周作の作品におけるカトリックの信仰　47
7　特に、遠藤周作の小説『沈黙』について　63
8　遠藤周作の研究文献について　81
9　現代における宗教的なものについて　91

あとがき　　96

引用文献一覧　　98

References available in the United States,
selected by Kazumitsu Ito.　　103

附録：
鴨長明『発心集』と日本人の素朴な信仰心について　　106

1 序章

■1−1

　井筒俊彦（1914-1993）慶應義塾大学名誉教授は、人文科学、特にイスラーム学・比較哲学・言語学（意味論）の分野において、傑出した業績を数多く残している［注1］。

　井筒博士は、現代日本を代表する「碩学」の一人である。彼の研究は、海外でも、極めて高く評価されている。

　筆者は若い頃に、井筒博士の「意識と本質」というタイトルの連載が岩波書店の『思想』という雑誌に掲載されるのを、毎回ワクワクしながら待ち、それを拝読させていただいた記憶がある。

　彼は、「20世紀を代表する知の巨人」であると言えるかもしれない。

　井筒博士の革新性は、ギリシャ哲学、および、イスラムスーフィズム・道教・禅仏教など広範囲の宗教哲学を含む東洋哲学全般を、根源的な神秘体験・宗教経験という新しい視点から捉え直した点にある——そのように筆者は考えている。

　彼の人並み外れた圧倒的な語学力が、そういった遠大な構想を実現可能にした。

　彼の父親は、在家の禅修行者だった。幼少期から極めて独特な雰囲気の家庭に育ったことを、彼自身、晩年に述懐している。

　父親からは、当然、禅修行の手ほどきも受けたであろう。哲学における根源的な神秘体験・宗教経験という彼の問題

意識は、そのような生い立ちの中で、次第に育まれていったと想像される。

　この論文では、井筒俊彦博士の研究を参考にしつつ、宮沢賢治および遠藤周作の文学作品を、根源的な宗教経験という視点から捉え直し、その創作過程を追体験したいと思う。さらに、二人の根底にある「日本人の素朴な信仰心」という問題フレームを、鴨長明『発心集』という貴重な資料を手掛かりにして、考察したいと考えている。

　本書は、タイトルからも分かるように、ウィリアム・ジェームスによる画期的な著作『宗教的経験の諸相』を念頭に置いて、書かれている［注2］。
　筆者による新しい試みがどのくらい成果を上げたかは、まだ自分では分からない。それは、読者の評価に委ねたいと思う。

［注1］
井筒俊彦、『神秘哲学：ギリシャの部』（岩波文庫）（岩波書店、2019年）
井筒俊彦、『スーフィズムと老荘思想　上・下』（井筒俊彦英文著作翻訳コレクション）（慶應義塾大学出版会、2019年）
井筒俊彦、『意識と本質：精神的東洋を索めて』（岩波文庫）（岩波書店、1991年）など多数。
なお文献は、日本において現在、ネット通販などで入手しやすいものを選んでおいた。以下の注釈に関しても、同様である。

[注2]
W．ジェイムス（著）、舛田啓三郎（訳）『宗教的経験の諸相（上）（下）』（岩波文庫）（岩波書店、1969 - 1970年）

■1－2

　宮沢賢治（1896 - 1933）は、岩手県に生まれた。

　農学校の教師などをしながら、詩集・童話を出版した。しかしながら、「生前はほとんど無名であり、死後に草野心平らの尽力で作品が読まれるようになり、現在のような国民的作家となった［注3］。

　農民生活と信仰生活、その2つが彼の大きなテーマであった」と、言えるかもしれない。

　彼はある時期において、浄土真宗から法華経信仰へと転じた経緯がある［注4］。そこには「父との確執」があったそうである。

　また、彼の生涯を病跡学の観点から見ると、双極性の情緒障害のように考えられると、精神科医の福島章博士は述べている［注5］。

[注3]
宮沢賢治、『〈新装版〉宮沢賢治詩集』（ハルキ文庫）（角川春樹事務所、2019年）
宮沢賢治、『注文の多い料理店』（新潮文庫）（新潮社、1990年）など多数。
[注4]
北川前肇、『ＮＨＫこころの時代〜宗教・人生〜宮沢賢治　久

遠の宇宙に生きる』（ＮＨＫシリーズ）（ＮＨＫ出版、2023年）第1回、第2回を参照。
[注5]
福島章、『宮沢賢治：こころの軌跡』（講談社学術文庫）（講談社、1985年）

■1-3

　それに対して、遠藤周作（1923 － 1996）は、12歳の時に伯母の影響もありカトリック教会で受洗している。
　慶應義塾大学文学部仏文科を卒業後、フランスのリヨンに留学。カトリック文学を学んだ。
「はじめは、批評家として活動したが、小説『白い人』が芥川賞を受賞。これは、ヨーロッパの人々にとっての悪と罪を問いかけた作品だった。彼は、第三の新人の一人と呼ばれるようになった。
　代表作『海と毒薬』でキリスト教作家としての地位を確立するが、ユーモアあふれるエッセイストという顔も持ち、彼を支持する読者が非常に多い」と、一般的に言われている［注6］。

[注6]
遠藤周作、『海と毒薬』（角川文庫）（角川書店、2004年）
遠藤周作、『沈黙』（新潮文庫）（新潮社、1981年）など多数。

■1-4

　一言で言うと、宮沢賢治と遠藤周作、この2人は日本人作家の中で、最も宗教に深く関与した代表的な作家と言えるだろう。

　宮沢賢治と遠藤周作は、それぞれ仏教徒とキリスト教徒であり、生きた時代も個性もかなり異なっている。
　しかしながら、2人の共通点は、書くという行為により自らの生の問題を乗り越えて生きようとする試みを行なった点にあると、筆者は考えている。

　平凡な日常生活を行っている私たちも、ときおり、しかも小規模ではあるが、そのようなことを経験する。すなわち、日記を書いたり手紙を書いたりして気持ちが和らぐことは、私たちも日常生活の中で体験することがある。
　一般に、何かあった時に文字に書いて客観的なものにすると、いくらか気持ちが落ち着いてくるものである。

■1-5

　ちなみに、ユング心理学の創始者であるC．G．ユング（1875 - 1961）は、「乗り越えて生きる」（überleben）ということを、詳しく述べている［注7］。

すなわち、私たちは皆、人生の中で様々な問題に遭遇して苦悩する。学校、受験、親、友人、職場、家族、夫婦、嫁姑、子供、事故、病気、老いなど、人生のライフステージごとに、私たちは様々な問題に巻き込まれていく。ある時は、それらに全てが飲み込まれてしまい、生を放棄したいという気持ちにもなってしまうことがある。

しかしながら、時間が経過していくうちに、こころのマジックサークルの中で、次第にそういった問題は差し迫ったものでなくなっていく。
問題は、相変わらず問題として、解決されずに残る。
だが、次第に、こころの中心部から辺縁部に問題が移っていき、差し迫った「感情・思考・意志の動揺」をもたらすものではなくなっていく。

そのような時（カイロス）が、いつかは、やってくる。時計で計る時間（クロノス）では、それがいつになるか、はっきり言うことはできない。
しかしながら、かすかな希望の芽は、どんなときにも、どこかに、潜んでいるものである。
——このような意味の言説を、ユングは述べている。

また、『「いき」の構造』という名著の著者であり、哲学者として有名な九鬼周造（1888－1941）博士は、日本美術史研究で国際的に活躍した岡倉天心（岡倉覚三、1863

-1913）に関する思い出を、美しい日本語の文章に綴っている。

　ちなみに、九鬼周造の実母は、若い頃に岡倉天心と不倫関係に陥り、その後半生は不幸な日々を送ったという。
　なお、九鬼周造の実父は岡倉天心であるという俗説さえあり、当時の日本で流布していたようである。

　東京帝国大学で日本美術史に関する講義を行っていた岡倉天心と、ある日、彼は東大赤門の近くで、たまたますれ違った。それは数十年ぶりの再会だった。しかしながら、九鬼周造は、引っ込み思案な性格もあり、挨拶をすることもできなかった。
　そのとき、九鬼周造の脳裏には、幼少期からの岡倉天心にまつわる様々な思い出や、岡倉天心に対して抱いた相矛盾した感情の数々が、走馬灯のように想起されたという。
　そのような記述の後に、彼は次のような言葉を続けている。

　　思い出は美しい。
　　明かりも美しい。
　　陰（かげ）も美しい。
　　誰も悪いのではない。
　　すべてが、詩のように美しい。

　人生における様々な出来事は、数十年の日々を経過して、

それらを乗り越えて生きることができた時、このような心境に達するのであろう。

　筆者に高校生の頃に、九鬼周造博士が書いたこの小文を読み、深い感動を覚えた。
　それ以降ずっと、この言葉について、折に触れて想いを巡らせている。
　しかしながら、若輩者である自分には、まだこのような境地は想像することさえもできない。
　九鬼周造の言葉は今でも、遠方にかすかに見える山の頂きのように、はるかなる目標物であり続けている。

［注7］
カール・グスタフ・ユング（著）、アニエラ・ヤッフェ（編）、河合隼雄・藤縄昭・出井淑子（訳）『ユング自伝1・2—思い出・夢・思想—』（みすず書房、1972年‐1973年）

■ 1－6

　本題に戻ると、宮沢賢治が書いた作品群の中で、生前に出版されたものは、2冊のみである。しかも、それらは自費出版だった。
　彼は、亡くなる最期のときに、「自分が書いた作品の草稿は全て迷いの足跡である。すべて処分してほしい」と言い残して、亡くなっている。

本研究では、まず宮沢賢治の作品群から、彼の「かすかな希望を求めて生きた足跡」「迷いながらも救いを感じつつ生きながらえた痕跡」すなわち「彼の根源的な宗教経験の諸相」を、読み取る努力を行いたいと思う。

　そこには、私たちが現代日本社会に生きる道しるべとも呼べるものを、いくつか見つけることができるかもしれない。

2 宮沢賢治と法華経信仰

先にも述べたように、宮沢賢治が書いた作品群の中で、生前に出版されたものは2冊のみである。しかも、それらは自費出版だった。したがって、詩集『春と修羅』（1924年4月）、および、童話『注文の多い料理店』（1924年12月）、この2冊には彼の特別な想いが託されているとも考えられる。

　そこには、法華経信仰に類似した記述が、多く見られる。

　彼は、書いて事態を客観視することにより、また法華経の教えを書いてそれと一体化することにより、さまざま困難を乗り越えていった。

　彼は、そのように書くことにより、自分に何度もそれを、言い聞かせた。すなわち、生の問題、特に最愛の妹・トシの死（1922年11月）に伴う深い悲しみや情緒障害などを、詩を書いて何度も自分に言い聞かせることにより、何とか乗り越えようとしたと考えられる。

　その痕跡が、詩集には数多く散見される。

最愛の妹、トシは救われた。
彼女は、より広い宇宙の中で、生き続けている。
――それが、法華経の教えてくれた真実である。

2 宮沢賢治と法華経信仰

　彼は、書くことにより気持ちを落ち着かせ、また書いては、さらに気持ちを落ち着かせていき、何とか、最愛の妹の死という精神の危機を乗り越えていった。

　書くたびに、涙が溢れ、その時、法華経は生の救済をもたらす真実の姿を、彼の前にありありと現していた。

　もはや、疑う余地はない。それは誠の教えであり、人生を委ねる価値のある生きた実体に思われた。

　宮沢賢治のケースでは、そのような宗教経験が存在していた。
　まさにそれは、詩が書かれた最中に。

　――こういった状況が、詩を生み出す創作場面、そのものにおいて展開されていたと、推測される。

　以上、宮沢賢治と法華経信仰について、概説した。
　より詳しくは、（第4章　宮沢賢治の作品における法華経信仰）において、後述したい。

3 遠藤周作とカトリックの信仰

他方、遠藤周作は12歳の時に、伯母の影響もあり、カトリック教会で受洗している。
　私たちが宗教に入信するときは、一般に、親しくしている人の人柄にひかれて、また、その人に勧められて宗教に入信することが多い。
　遠藤周作の場合には、おそらく母と姉が入信するのに伴い、同時に入信を勧められた経緯があったものと推測される。

　しかしながら、時代は1935年、すなわち昭和10年であった。

　その年の8月3日、岡田内閣が、天皇機関説は「万邦無比なる我が国体の本義を愆(あやま)るもの」とする国体明徴声明を行う。

　ちなみに、大日本帝国憲法が制定された1889年当時は、天皇は神に等しい国家を超越する存在であって、国家のあらゆる全ての権限を掌握しているという「天皇主権説」が主流だった。
　しかしながら、1910年代に政治の民主化を求める大正デモクラシーの声が強まると、天皇の権力と民主主義との歩み寄りが求められるようになり、「天皇機関説」（1912年、美濃部達吉）が登場した。
　天皇機関説では、「天皇は国家を超越した絶対的な存在

ではなく、単なる国家の一機関に過ぎない」と考える。すなわち、「統治権をもつのも国家であって、天皇は国家の一機関として、憲法の範囲内でその統治権を行使するに過ぎない」とする。この天皇機関説は、大正デモクラシーの大きな原動力となった。

　1935年8月3日の岡田内閣による国体明徴声明は、このような民主主義を求める声を、真っ向から否定するものである。

　さらに、8月12日には、陸軍派閥の対立が激化し、陸軍軍務局長の永田鉄山少将（52）が、相沢三郎中佐（47）に軍刀で刺殺されている。

　すなわち、この1935年は、国家・軍部による統制が、次第に色濃くなり始めた時期であった。
　異国の宗教であるキリスト教に対する人々の視線も、変わり始めていたと推測される。

　そのような時代にあって、若き日の遠藤周作も、日本人のキリスト者であることに関する特別な想い、違和感、懐疑、疑問などが、次第に、脳裏に浮かび始めていたであろう。

　そもそも、日本人がキリスト教徒であることは、どういうことなのか？
　本当に、異国の絶対神を信じられるのか？

日本に住みながら、キリスト教徒はどのように生きていけばよいのか？
　そのような問題に対峙しながらも、理知的な遠藤周作は、宮沢賢治のような情緒障害に陥ることはなかったと推測される。
　ユーモアあふれるエッセイストでもある彼の姿からは、そのような事態は考えにくいからである。

　むしろ、キリスト教における長年のテーマである「絶対神への信仰」「罪と罰」「殉教」「悪の問題」「異信教との調和」といった問題群が、彼を悩ませ始めた。
　それらは、彼にとって、生涯にわたる、そして解決するのが非常に困難な諸問題となっていった。

　彼は、成年になってから、作品世界において、キリスト教徒が抱える諸問題に直面する主人公の姿を描いた。
　そうすることで、自らの抱えている問題群を客観視して、そこに自分自身を重ねあわせていった。

　遠藤周作のケースでは、そのような形式で、自分の抱えている「生の問題」を乗り越えて生きていこうと、さまざまな試行錯誤を続けていたものと考えられる。

　「苦悩」する日々、そして修道士が経験するような・「小恍惚」と呼ばれる・神と一体化して神により救われたと実

感する小規模の救いの経験
　——彼が生活していく日々の中で、それらが何回か繰り返されていたようにも想像される。

　遠藤周作の場合には、小説という作品世界における・キリスト教と密接に連関した諸問題に直面する主人公の姿、そこに彼の宗教経験、すなわち宗教と密に連関した経験の痕跡が、さまざまな形態で隠されている。

　以上、遠藤周作とカトリックの信仰について、概説した。
　より詳しくは、(第6章　遠藤周作の作品におけるカトリックの信仰)において、後述したい。

4 宮沢賢治の作品における法華経信仰

◼4−1

　先にも述べたように、宮沢賢治が書いた作品群の中で、生前に出版されたものは2冊のみである。したがって、詩集『春と修羅』（1924年4月）、および、童話『注文の多い料理店』（1924年12月）、この2冊には彼の特別な想いがたくされているとも考えられる［注8］。
　そこには、法華経信仰に類似した記述が、多く見られる。
　彼は、書いて事態を客観視することにより、また法華経の教えを書いてそれと一体化することにより、さまざまな困難を乗り越えていった。

　法華経は「妙法蓮華経」の略称である。原語のサンスクリット語では「サッダルマ・ブンダリーカ・スートラ」と言う。「泥の中から咲く真っ白な蓮の華のように、妙なる真実の教え」という意味である。
　そこには、人は誰でも平等に成仏できると説かれている。法華経の特徴を一つだけ挙げるとすると、それは私たちが今生きているこの世界、すなわち「娑婆世界」を肯定している点であるという。
　青年期に、将来、進むべき道が見つからず悶々としていた賢治は、法華経に出会い、今生きている世界が永遠の仏の世界であるということを知った。そして、み仏の慈愛が絶えずそそがれていることを体感したと思われる。今ここにある自分の世界が肯定され、生きる意欲が湧いたであろ

う、そう北川前肇博士は述べている（35頁）。

　立正大学名誉教授で、日蓮宗妙揚寺の住職でもある北川前肇（Kitagawa Zencho、1947－）博士は、このように、宮沢賢治に関して興味深い見解を、いくつも著書の中で展開している。

　宮沢賢治は、法華経信仰に類似した記述を作品世界において書くことにより、自分に何度もそれを、言い聞かせた。すなわち、生の問題、特に最愛の妹・トシの死（1922年11月）に伴う深い悲しみや情緒障害などを、詩を書いて何度も自分に言い聞かせることにより、何とか乗り越えようとしたと考えられる。
　その痕跡が、詩集には数多く散見される。

［注8］
宮沢賢治、『【新装版】宮沢賢治詩集』（ハルキ文庫）（角川春樹事務所、2019年）、および、北川前肇、『ＮＨＫこころの時代～宗教・人生～宮沢賢治　久遠の宇宙に生きる』（ＮＨＫシリーズ）（ＮＨＫ出版、2023年）を参照。本文中のページは、北川前肇の文献におけるページ番号である。

■4－2

　詩集『春と修羅』から、北川前肇・立正大学名誉教授の記述にそって、具体例をあげる。
　宮沢賢治にとって、妹・トシは特別な存在だった。

トシが亡くなる日、彼女は賢治に「雨雪を取ってきて」と頼む。『春と修羅』に収録されている「永訣の朝」には、そのときの様子が描かれている（北川前肇、90頁）。

けふのうちに
とほくへいつてしまふわたくしのいもうとよ
みぞれがふつておもてはへんにあかるいのだ
　（あめゆじゆとてちてけんじや）
うすあかくいつそう陰惨な雲から
みぞれはびちよびちよふつてくる
　（あめゆじゆとてちてけんじや）
青い蓴菜のもようのついた
これらふたつのかけた陶椀に
おまへがたべるあめゆきをとろうとして
わたくしはまがつたてつぽうだまのように
このくらいみぞれのなかに飛びだした

「永訣の朝」は、連作詩「無声慟哭」の中の一つであり、宮沢賢治の詩の中で最も有名な一篇である。「あめゆじゆとてちてけんじや」は、雨雪を取ってきてくださいという意味の花巻の言葉であり、妹を失う悲しみを一層ひきたてている。

　賢治は、みぞれの中を走り出た瞬間に、あることに思い

いたる。

　ああとし子
　死ぬといふいまごろになつて
　わたくしをいつしやうあかるくするために
　こんなさつぱりした雪のひとわんを
　おまへはわたくしにたのんだのだ
　ありがとうわたくしのけなげないもうとよ
　わたくしもまつすぐにすすんでいくから

　トシは、この世で食べる最後の食べ物として、天から降ってくる雨雪を求めた。それは、その清純さで兄の一生を明るく照らそうという愛情なのだ、そう賢治は気がついた。兄を思いやる妹の心の美しさを、賢治は感じた。彼は、次のように願わずにはいられなかった（北川前肇、91頁）。

　おまへがたべるこのふたわんのゆきに
　わたくしはいまこころからいのる
　どうかこれが天上のアイスクリームになって
　おまへとみんなとに聖（きよ）い資糧をもたらすやうに
　わたくしのすべてのさいはひをかけてねがふ

「天上のアイスクリームになって」という部分は、宮沢家本では、「兜率（とそつ）の天の食に変つて」になっている。宮沢家本とは、宮沢家が所蔵していた、賢治が晩年まで修正を書

き込み続けた本である。すなわち、『春と修羅』を出版して以降も、賢治は収録作品に修正を加えていた。それが、記録として、残っている。アイスクリームというモダンな食べ物ではなく、兜率天(とそつ)におもむいた無限の死者に対する供物として書き直したと推定されるという。

　トシの臨終の場面、いよいよ妹の呼吸が止まりそうになったとき、賢治は急いで枕元に駆け寄り、耳元で「南無妙法蓮華経(なむみょうほうれんげきょう)」と声高に唱えたという。
　トシは２回ほどうなずくようにして、息を引き取った。賢治は押し入れに頭を突っ込んで大声で泣いたそうである（北川前肇、98頁）。
　翌々日、宮沢家の菩提寺である安浄寺で葬儀がおこなわれた。浄土真宗による葬儀のため、賢治は姿を見せず、棺を火葬場に運ぶときのみ参加した。火葬場では法華経を朗々と読み続け、周囲の人々を不思議な感動に包み込んだ。

　トシとの死別は、賢治にとって耐えがたく辛い出来事であった。
『春と修羅』に収録されている「松の針」には、次のような一節がある（北川前肇、98頁）。

　　ああけふのうちにとほくへさらうとするいもうとよ
　　ほんたうにおまえはひとりでいかうとするか
　　わたくしにいつしよに行けとたのんでくれ

泣いてわたくしにさう言つてくれ

詩に記した悲痛な胸の内が、私たちにも伝わってくる。

先にも述べたように、トシの臨終の場面、いよいよ妹の呼吸が止まりそうになったとき、賢治は急いで枕元に駆け寄り、耳元で「南無妙法蓮華経(なむみょうほうれんげきょう)」と声高に唱えたという。
賢治の死後に発見された両親への遺書には、題目のはたらきを示唆する記述がある（北川前肇、104頁）。

どうかご信仰といふのでなくてもお題目で私をお呼びだしください。そのお題目で絶えずおわび申しあげお答へいたします。

題目は、死に臨む人を仏の浄土へと送る祈りの言葉であり、また生者が死者と再会するための大切な祈りの言葉であるように考えられるという。

以上、主に詩集『春と修羅』から、北川前肇博士の記述にそって、具体例をあげて説明した。

■ 4-3

最愛の妹、トシは救われた。
彼女は、より広い宇宙の中で、生き続けている。

――それが、法華経の教えてくれた真実である。

　彼は、書いて事態を客観視することにより、また法華経の教えを書いてそれと一体化することにより、さまざまな困難を乗り越えていった。

　すなわち、彼は、書くことにより気持ちを落ち着かせ、また書いては、さらに気持ちを落ち着かせていき、何とか、最愛の妹の死という精神の危機を乗り越えていった。
　書くたびに、涙が溢れ、その時、法華経は生の救済をもたらす真実の姿を、彼の前にありありと現していた。
　もはや、疑う余地はない。それは誠の教えであり、人生を委ねる価値のある生きた実体に思われた。

　宮沢賢治のケースでは、そのような宗教経験が存在していた。
　まさにそれは、詩が書かれた最中に。
　――こういった状況が、詩を生み出す創作場面、そのものにおいて展開されていたと、推測される。

■4-4

　宮沢賢治の最愛の妹・トシは、賢治が26歳の11月27日に、亡くなっている。そして、彼が27歳の4月と28歳の12月に、詩集『春と修羅』および童話『注文の多い料

理店』は、それぞれ出版された。彼の生前に発刊されたのは、これら２冊のみである。しかも、それは自費出版だった。この２冊には、彼の特別な思いが込められている。

　北川前肇博士は、宮沢賢治に関して興味深い見解を、いくつも著書の中で展開している。

（Ａ）
　まず、詩集『春と修羅』の冒頭には、有名な「序」が含まれている。

　わたくしといふ現象は
　仮定された有機交流電燈の
　ひとつの青い照明です
　（あらゆる透明な幽霊(ゆうれい)の複合体）
　風景やみんなといつしよに
　せはしくせはしく明滅しながら
　いかにもたしかにともりつづける
　因果(いんが)交流電燈の
　ひとつの青い照明です
　（ひかりはたもち、その電燈は失はれ）

　ここにおいて賢治は、自分のことを「現象」といい、「明滅しながら」「ともりつづける」照明に、自分を例えている。ここでは、仏教の基本思想である「諸行無常」が根底にある。

私たちは自分のことを「連続して存在している」と思うが、実は目の前の川の水が次の瞬間にはもう別の水に変わっているように、私たちは消えては生まれ、消えては生まれるのを繰り返している。まさに、「明滅しながら」「ともりつづける」照明のようである。

　賢治が序文で「わたくしといふ現象」と書いたのは、そんな無常の存在としての自分を表現した、そのように指摘されている（北川前肇、43頁）。

（B）
　次に、『注文の多い料理店』には、『春と修羅』と同じく「序」がしたためられている。そこから、どのような視点から、賢治が私たちに物語を送り届けようとしたかが分かる。

　　これらのわたくしのおはなしは、みんな林や野はらや鉄道線路やらで、虹や月あかりからもらつてきたのです。（中略）
　　けれども、わたくしは、これらのちいさなものがたりの幾(いく)きれかが、おしまひ、あなたのすきとほつたほんたうのたべものになることを、どんなにねがふかわかりません。

「すきとほつたほんたうのたべもの」とは、私たちが生きる、「あれがいい」「これは嫌い」などという世界を超えた

もの、時代にも社会にも左右されない真の生き方をしめしてくれるものである。それは、法華経でいうところの、み仏の真実の智慧によってさとられている境地、「諸法実相」に通じるものであるという（北川前肇、88頁）。

（C）
　さらには、賢治の死後に一冊の手帳が発見されており、「雨ニモマケズ手帳」と呼ばれている。この手帳の冒頭部分に着目すると、「雨ニモマケズ手帳」は、病床にある賢治が「み仏とともにある」という自身の宗教的な境地を記したものと見なすことができる。そして、それは、み仏から与えられた、教えを広く伝える者としての使命でもある。

　有名な「雨ニモマケズ」が書かれたのは、両親や弟妹あてに遺書をしたためた五十日余りあとであったという。「雨ニモマケズ」の最後は、賢治の理想とする生き方、そのような人でありたい、という願いで結ばれている。

　ミンナニデクノボートヨバレ
　ホメラレモセズ
　クニモサレズ
　サウイフモノニ
　ワタシハナリタイ

「デクノボー」（木偶の坊）というのは、あやつり人形で、

世間一般においては、役に立たない人のことを指す。これは、法華経に描かれる常不経菩薩(じょうふきょうぼさつ)と重なるように思われる。

　常不経菩薩は、言葉をもって、人々が「必ず成仏する尊い存在」であることを伝え、他者に対する敬いの心をもち、身体全体をもって他者を礼拝した。四衆は彼をののしり、ある時は杖や石やかわらをもって打ちたたこうとした。しかし、常不経菩薩はひるむことなく修行を続け、ついに成仏した。

　賢治もこの菩薩のような生き方を実践し続けた。それゆえに、賢治は「デクノボー」と呼ばれることを恥じない。むしろそうでありたい、と積極的に願っていた。

　──そのように、言われている（北川前肇、156頁）。

■ 4−5

　宮沢賢治は、農学校の教師などをしながら、詩集・童話を出版した。しかしながら、生前はほとんど無名であり、死後に草野心平らの尽力で作品が読まれるようになり、現在のような国民的作家となった。

　彼は、盛岡中学校を卒業した18歳の時に、法華経を読んで感動し、その後の進路が決まったという。

　岩手県花巻の実家で亡くなる最期のときに彼は、「自分が書いた作品の草稿は全て迷いの足跡である。すべて処分してほしい」と言い残した。また、『国訳妙法蓮華経』

1000部を出版するよう依頼して、友人や知己に届けてもらいたいとの遺言も、家族に残している。それは1933年、昭和8年、9月21日、彼が満37歳の時だった。
「賢治は法華経によって真の生き方に目覚め、生涯をまっとうした」と、言われている（北川前肇、4頁）。

　宮沢賢治が亡くなってから、90年が経過した。
　しかしながら、彼の作品は現在に至るまで多くの日本人に読まれ続け、彼は現在でも多くの日本人から愛され続けている。

5 宮沢賢治の研究文献について

この章では、入手しやすい・代表的な・宮沢賢治に関する日本語の研究文献について、概観しておこうと思う。

(a) 今野勉、『宮沢賢治の真実―修羅を生きた詩人』（新潮文庫）（新潮社、2020年）
　圧倒的なノンフィクションであり、緻密かつ周到な取材による謎解きの書である。「五人目の賢治」を探して、6年近くに及ぶ謎解きの旅の最後に、未完の大作として知られる童話「銀河鉄道の夜」に辿り着いた（23頁）という。

(b) 毛利衛（著）、ひしだようこ（イラスト）、『わたしの宮沢賢治　地球生命の未来圏』（ソレイユ出版、2021年）
　ソレイユ出版・宮沢賢治シリーズ7冊目の書。著者は科学者宇宙飛行士として2度も宇宙を体験した。地球を見て考えた地球と生命のつながり「ユニバソロジ」（192頁）という新しい世界観に目覚めた。ポストコロナ社会を見つめる書である。

(c) 岡村民生、『宮沢賢治論　心象の大地へ』（七月社、2021年）
　著者25年の集大成の書である。21章に及ぶ、多岐にわたる賢治研究を行っている。「彼の理念をテクストや状況の具体相へ差し戻し、プロセスやコンテクストにおいて捉えなおすように」（24頁）努力したと、著者は述べている。

5 宮沢賢治の研究文献について

(d) 山下聖美（著）、Naffy（イラスト）、『わたしの宮沢賢治　豊穣の人』（ソレイユ出版、2018年）、

　ソレイユ出版・宮沢賢治シリーズ2冊目の書。「賢治は好きとか嫌いとかの次元を超えて、私の人生に深く関わる作家」である（1頁）。「宮沢賢治という存在は、とても豊かである」（2頁）。「文学というものの持つ豊饒さ」（5頁）を理解してほしいと、著者は述べている。

(e) 見田宗介、『宮沢賢治：存在の祭りの中へ』（岩波現代文庫）（岩波書店、2001年）

　見田宗介は、宮沢賢治の作品の中に、近代日本の「自我」の可能性と限界という視座から、人間賢治の軌跡を現代の思想として構築し、異文化とも交響しあう言語宇宙を探っている。特に、賢治の詩には、「存在という奇蹟」（162頁）を感じている。

(f) 山下聖美、『別冊NHK100分de名著 集中講義 宮沢賢治──ほんとうの幸いを生きる』（NHK出版、2018年）
「大人になった今だからこそ理解できる、宮沢賢治文学の醍醐味を紹介しながら、人間が生きるということについて考えていきたい」（4頁）と著者は述べている。「哀しみと怖れに向き合った生涯を追い、名作が秘めた『人生の気づき』に迫る」良書である。

(g) 吉本隆明、『宮沢賢治』（ちくま学芸文庫）（筑摩書房、

1996 年）

　青年期の手紙の分析から「銀河鉄道の夜」の丹念な読み込みの作業をとおして、生涯を決定した法華経信仰の理念が独特の自然把握や無償の資質と融合する地点に賢治像の基礎を策定している。吉本隆明は、「全力をあげてぶつかっても倒れない相手に出会えた」（393 頁）と述べている。

(h) 天沢退二郎（編）、『新装版 宮沢賢治ハンドブック』（新書館、2014 年）

　宮沢賢治に関する 107 項目に関して、「賢治研究者・書き手の中でも」編者が「信頼と敬意を奉げている」38 人の方々に、「お得意の項目を担当して」執筆してもらったという「携帯に便利な一冊の本」ハンドブック（9 頁）。賢治研究の手引きとなる良書である。

(i) 宮沢清六、『兄のトランク』（ちくま文庫）（筑摩書房、1991 年）

　兄・宮沢賢治の生と死をそのかたわらで見つめ、兄の死後も烈しい空襲や散逸から遺稿類を守りぬいてきた実弟・宮沢清六による初めての文集である。書き始めるきっかけは、宿命のようなものをふと感じて、思い出を送ることとなった（22 頁）と述べている。

(j) 山折哲雄（著）、綱澤満昭（著）、『ぼくはヒドリと書いた。宮沢賢治』（かいふうしゃ、2019 年）

5　宮沢賢治の研究文献について

　綱澤満昭は「彼は間違いなく東北の人であった。思想の原点はここにある」（3頁）と述べ、山折哲雄は「『デクノボー』と『題目』は二人三脚のかたちで、同行2人のかたちで、表裏一体の姿になっている」（276頁）と指摘している。本書は、この2人による興味深い対談集である。

(k) 中村稔、『宮沢賢治論』（青土社、2020年）
　著者は、詩人・弁護士である。2019年夏、「雨ニモマケズ」を読みかえし、決定的に読み間違えていたと気づいた（327頁）。その詩は「人格の願望」を書いたのである（10頁）と、述べている。このように、賢治に関して、新たな解釈と評価を詳述した画期的な書である。

(l) 佐藤隆房、『宮沢賢治 素顔の我が友 最新版』（冨山房インターナショナル、2012年）
「はじめは後輩であり、それから親友となり、逝いて畏友となった賢治さんの思い出」になればと、著者は伝記を記した（1頁）。悩み苦しみながら、力強く生きた賢治のありのままの姿を親友が描いた原典であり、貴重な証言や写真に溢れた稀有な書物である。

(m) 菅原千恵子、『宮沢賢治の青春：ただ一人の友 保阪嘉内をめぐって』（宝島社、1994年）
　賢治文学の＜謎＞を解く実証研究。賢治の「迷いのあと」と語った厖大な作品こそ、決別してしまった一人の友「私

が保阪嘉内」へ賢治が送り続けたメッセージだった（4 − 5 頁）と、著者は結論している。友と決別した大正 10 年が、文学的転向の年だったとする。

(n) 王敏（著）、西淑（イラスト）、『わたしの宮沢賢治 賢治ことばの源泉』（ソレイユ出版、2019 年）

　賢治は魅力の塊です――このように、著者は述べている（2 頁）。著者は 40 年にわたり宮沢賢治を研究してきた。ソレイユ出版・宮沢賢治シリーズ 3 冊目の書。大学院の恩師が賢治の生き証人だったなど、興味深いエピソードも語られている（40 頁）。

(o) 畑山博、『教師 宮沢賢治のしごと』（小学館文庫）（小学館、2017 年）

　花巻の農学校で、賢治は教鞭をとった。当時の教え子たちには、いつまでも色褪せることのない「賢治先生」の姿が生き続けている。知られざる宮沢賢治の教室が、入念な取材で、ここによみがえっている。「教育は芸術なり」（231 頁）と、著者は述べている。

(p) 牧千夏、『農村青年の文学―昭和初期の農村アマチュア作家と宮沢賢治』（ひつじ研究叢書〈文学編〉）（ひつじ書房、2023 年）

　農民文学や産業組合という観点から見ると、1920 − 30 年代に農村の人々が、地域や個人を主体とした独自の文化

を生んだ。地方のアマチュア作家の中心人物として、宮沢賢治を位置づけている。農村青年たちの表現は、こうした視点でこそ、「血の通った価値」が浮かび上がってくると、著者は述べている（369 頁）。

(q) 草山万兎、『宮沢賢治の心を読む（Ⅲ）』（童話屋、2015 年）

　動物語を話し、聞く、河合雅雄（草山万兎）による賢治童話のナゾ解きであり、シリーズ 3 冊目となる書。装丁・銅版画が、美しい一冊である。

　以上、この章では、入手しやすい・代表的な・宮沢賢治に関する日本語の研究文献について、概観した。

6 遠藤周作の作品における カトリックの信仰

■6-1

　遠藤周作は12歳の時（1935年6月23日）に、伯母の影響もあり、カトリック教会で受洗している（洗礼名はパウロ）。

　しかしながら、時代は1935年、すなわち昭和10年であった。

　その年の8月3日、岡田内閣が、天皇機関説は「万邦無比なる我が国体の本義を愆(あやま)るもの」とする国体明徴声明を行う。

　1935年8月3日の岡田内閣による国体明徴声明は、民主主義を求める声を、真っ向から否定するものである。

　この1935年は、国家・軍部による統制が、次第に色濃くなり始めた時期であった。

　異国の宗教であるキリスト教に対する人々の視線も、変わり始めていたと推測される。

　そのような時代にあって、若き日の遠藤周作も、日本人のキリスト者であることに関する特別な想い、違和感、懐疑、疑問などが、次第に、脳裏に浮かび始めていたであろう。

　そもそも、日本人がキリスト教徒であることは、どういうことなのか？

　本当に、異国の絶対神を信じられるのか？

　日本に住みながら、キリスト教徒はどのように生きていけばよいのか？

キリスト教における長年のテーマである「絶対神への信仰」「罪と罰」「殉教」「悪の問題」「異信教との調和」といった問題群が、彼を悩ませ始めた。

それらは、彼にとって、生涯にわたる、そして解決するのが非常に困難な諸問題となっていった。

彼は、成年になってから、作品世界において、キリスト教徒が抱える諸問題に直面する主人公の姿を描いた。

そうすることで、自らの抱えている問題群を客観視して、そこに自分自身を重ねあわせていった。

■6-2

代表作『海と毒薬』(1957年)で、遠藤周作は、キリスト教作家としての地位を確立した［注9］。

これは、第二次世界大戦中に、捕虜となった米兵が臨床実験の被験者として使用された「九州大学生体解剖事件」を題材とした小説である。

そこでは、「神なき日本人の罪意識」がテーマとなっている。

この小説は、第5回新潮社文学賞、第12回毎日出版文化賞を受賞した。

なお、熊井啓監督により、日本映画『海と毒薬』(1986年)が製作されている。主演は、俳優・奥田瑛二である。

全編が白黒の画像で構成されており、大変印象的な作品

である。

　この映画は、1987年の第37回ベルリン国際映画祭 (Internationale Filmfestspiele Berlin) において、銀熊賞審査員グランプリ (Silberner Bär, Spezialpreis der Jury, 1987) を受賞した。

　また、1986年度の第60回キネマ旬報ベストテン日本映画第1位、および、日本映画監督賞を受賞した映像作品である。

　熊井啓監督は、「1945年に行われた米軍捕虜への臨床実験に関する若い医師の葛藤を通して、生命の尊厳を問う小説の内容に衝撃を受けて」映画化を決意する。「原作者の遠藤周作から映画化の承諾を得て、1969年には、すでに脚本が完成していた。しかしながら、映画の持つ作品性のゆえに出資者探しは難航した。実際には、17年後の1986年に映画化された」という経緯があるという。

　小説の舞台は、架空の大学の医療機関「九州のF医大」と設定されている。また、登場人物も作者の創作によるものであり、歴史上の特定の人物がモデルとなっているわけではない。

［注9］
遠藤周作、『海と毒薬』（角川文庫）（角川書店、2004年）を参照。なお、本文中の数字は、同書のページ数である。

6 遠藤周作の作品におけるカトリックの信仰

■6-3

　ストーリーの概略は、「撃墜されたＢ29爆撃機の搭乗員8名が、帝大医学部に連れてこられた。軍の命令により、生きたまま米軍捕虜を解剖する実験を行うためである。人間の内臓が摘出されても生きていられるのか──尋常ではない非道な実験に参加せざるを得ない医学部研究生の勝呂は、良心の呵責にさいなまれる。そんな勝呂の様子をせせら笑う同期生の戸田も、極限状態で何の感情も湧かない自分自身を疑い始める。学部内での権力闘争も相まって、若き研究生らは翻弄されていく──」という内容の小説である。

　ちなみに、私たちは一般に、知らぬ間に「罪」に巻き込まれてしまうこともある。
　ユングは自伝において、「ハトのように素直に、しかしながら、ヘビのように狡猾に」あるべきだと、私たちに教訓を述べている。
　すなわち、「素直さ」だけでは不十分である。
　世の中には、「悪の問題」と古来呼ばれているような、常識の域を超えた「悪意」が現として存在する。それに巻き込まれないためには、「狡猾さ」「注意深さ」「将来を見越した・自己防衛という・予防策に関する感受性」が必要でもある。
　──そのような主旨の言説が、ユング自伝にはある。

ユングの父親は、スイス・プロテスタント（改革派）教会の牧師であり、母方の祖父も優れた神学者で父パウルの師匠でもあった。キリスト教における神学上の問題は、ユングにおいても生涯にわたる大きなテーマであった。

　小説『海と毒薬』においては、「神なき日本人の罪意識」がテーマとなっている。
　私たち日本人は、日頃の日常生活においては、「恥や世間体といった社会規範」に従って判断していることが多い。しかしながら、ある意味で極限状態におかれた場合、「集団における協調性という日本人一般に認められている美徳」が、「人間として生きる倫理」に相反するケースも多い。
　現代社会においても、会社という利益を追求する組織の中で仕事をしていると、そのような「罪」を犯してしまう小規模のケースも多々ある。
　キリスト教という絶対神との契約に根付いた欧米の社会では、それは「神との契約に違反する罪」である。しかしながら、私たちにとって、「絶対神に対する信仰」がなくても、「神なき日本人の罪意識」を感じることがある。

　『海と毒薬』においては、ある意味、極限状態におかれた主人公が描かれている。そこにおいて、「神なき日本人の罪意識」が大きなテーマとなっている。
　私たち日本人は、どうあるべきなのか？
　特に、日本人であるキリスト教徒はどうすべきか？

6　遠藤周作の作品におけるカトリックの信仰

　日本人でありクリスチャンでもある遠藤周作は、自らの日常生活におけるそのような問いを、極限状態における主人公の姿に重ね合わせた。そして、小説という作品世界において、主人公の姿を鋭く深く描写している。
　日本人における、また日本人のキリスト教徒が抱えている大きな問題群を、鋭く深く問題提起する作品となっている。

■6－4

　具体的に、テキストを概観する。
　物語は、あるサラリーマンが勝呂医院を訪ねるところから始まる。彼は気胸を患わっていて、病院で定期的に注射を打ってもらう必要があった。
　40くらいの、青黒い顔をした、ぼんやりと焦点の定まらない目をした医師・勝呂は、腕は確かな医者だった。

　その後、妻の妹の結婚式で九州に行き、F医大を出た従兄弟と話す機会があった。勝呂について尋ねると、
「いや、あの人は、、、御存知か知れませんが、例の事件でな」と急に声を潜めて話し始めた（『海と毒薬』25頁）。

　翌日、新聞社で「戦争中にF医大で行われた生体解剖の裁判の記事」を読んだ。当事者の主任教授はまもなく自殺し、主だった被告は重い罪をうけていた。三人の医局員は

53

懲役2年だったが、勝呂はその医局員の一人だった。

　東京に帰り、再び勝呂医院で治療を受けた際に、「先日、F市に旅行してきましてね」と、それとなく言うと、勝呂は、低く、くたびれたような声で言った。
「仕方がないからねえ。あの時だってどうにも仕方がなかったのだが、これからだって自信がない。これからもおなじような境遇におかれたら僕はやはり、アレをやってしまうかもしれない、、、アレをねえ」（『海と毒薬』30頁）

　本編は、ここから始まる。
　勝呂は、F医大の研究生だった。友人である戸田という男性医師と、ベテラン医師の橋本教授のもとで、医学を学んでいた。
　勝呂の担当した病室には「おばはん」と二人が呼んでいた助かる見込みのない、重症患者がいた。
「みんな死んでいく時代やぜ。病院で死なん奴は毎晩、空襲で死ぬんや」（『海と毒薬』45頁）
　　——そんな時代だった。

　次期医学部長を狙っていた橋本教授は、新しい治療法を試す被験者として「おばはん」を強引に、成功率5％というオペの実験対象にしてしまう。勝呂は、橋本教授の決定に従うほかなかった。結局、「おばはん」はオペの直前に、病状が悪化して亡くなった。

6　遠藤周作の作品におけるカトリックの信仰

　そんな折に、橋本教授を筆頭にして持ち上がったのが、アメリカ人捕虜に対する生体解剖実験計画だった。
「医療の発展」という大義名分、「軍の圧力」、「戦争中という極限状態」、それらが重なって、彼らの判断を狂わせてしまう。
　若き日の勝呂は、橋本教授の教え子だったため、生体解剖のアシスタントに抜擢される。

　次の「第二章　裁かれる人々」では、事件後の告白（手記）というかたちで、看護師の上田と勝呂の同僚である医学生・戸田が、生体解剖という残虐行為に手を貸した経緯が描かれていく。
　最後、「第三章　夜のあけるまで」において、事件の詳細が描かれている。

　小説『海と毒薬』では、「神の不在」「根源的な罪悪」「神なき日本人の罪意識」が大きなテーマとなっている。

　アシスタントを了承した後に、勝呂と戸田は以下のような会話をしている。
「お前も、阿呆やなあ」
　と戸田が呟いた。
「ああ」
「断ろうと思えばまだ機会があるのやで」

55

「うん」
「断らんのか」
「うん」
「神というものはあるのかなあ」
「神？」
「なんや、まあヘンな話やけど、こう、人間は自分を押しながすものから——運命というんやろうが、どうしても脱(のが)れられんやろ。そういうものから自由にしてくれるものを神とよぶならばや」
「さあ、俺にはわからん」火口の消えた煙草を机の上にのせて勝呂は答えた。
「俺にはもう神があっても、なくてもどうでもいいんや」
「そやけど、おばはんも一種、お前の神みたいなものやったのかもしれんなあ」
「ああ」
(『海と毒薬』92頁)

■ 6-5

　金承哲教授は、「カトリック作家遠藤周作」に対する、「オーソドックスなアプローチ」を著書の中でまとめている［注10］。これは、いわばカトリック神学による、正統的な遠藤周作理解とも呼べるものだろう。
　そして「日本における信仰の可能性の模索」として、以下の点を指摘している。

6 遠藤周作の作品におけるカトリックの信仰

　すなわち、『海と毒薬』における、上記の勝呂の会話において、「神があっても、なくてもどうでもいいんや」という態度は、神の前で罪を感じるのではなく、「他人の目、社会のバツに対する恐怖だけ」を意識している黄色い人の典型的な態度である。
　それでは、「神があっても、なくてもどうでもいいんや」と言う「黄色い人」にとって、罪とは何だろうか。
　遠藤は、戸田の告白を通して、次のように語っている。

　姦通だけではない。罪悪感の乏しさだけではない。ぼくはもっと別なことに無感覚なようだ。今となっては、これを打明ける必要もあるだろう。はっきり言えば、ぼくは他人の苦痛やその死に対しても平気なのだ（『海と毒薬』141頁）。
　もう、これ以上、書くのはよそう。断っておくが、ぼくはこれらの経験を決して今だって苛責を感じて書いているのではないのだ。あの作文の時間も、蝶を盗んだことも、その罪を山口になすりつけたことも、従姉と姦通したことも、そしてミツとの出来ごとも醜悪だとは思っている。だが、醜悪だと思うことと苦しむこととは別の問題だ。
　それならば、なぜこんな手記を今日、ぼくは書いたのだろう（『海と毒薬』143－144頁）。

　戸田は、「他人の苦痛や死」に対する「無感覚」で「無関心」

であると感じながらも、「手記」を書く。それは、自分の犯したことを誰かに打ち明けようとする心境があるからに違いない。そこに、遠藤の言う「黄色い人」の罪意識がある。

戸田が生体解剖実験の後で口にした次の告白は、「黄色い人」の罪意識の萌芽を表している。

俺が怖(おそ)ろしいのはこれではない。自分の殺した人間の一部を見ても、ほとんどなにも感ぜず、なにも苦しまないこの不気味な心なのだ(『海と毒薬』179 - 180頁)。

今、戸田のほしいものは苛責だった。胸の烈(はげ)しい痛みだった。心を引き裂くような後悔の念だった。だが、この手術室に戻ってきても、そうした感情はやっぱり起きてこなかった(『海と毒薬』181 - 182頁)。

(俺には良心がないのだろうか。俺だけではなくほかの連中もみな、このように自分の犯した行為に無感動なのだろうか)(『海と毒薬』182頁)。

遠藤によれば、西欧的な罪意識と異なる黄色い人の罪意識とは、他人の苦痛に対する「無感動」であった。

そして、そのような罪の意識があるということは、そこで神の恩寵がすでに働いている傍証である。

なぜならば、神の恩寵の働きなしに、人間は自分の罪を認めること——すなわち、自分を否定すること——ができないからである。

6 遠藤周作の作品におけるカトリックの信仰

『海と毒薬』以降の作品に関しても、金承哲教授は、以下のような、「カトリック作家遠藤周作」に対する「オーソドックスなアプローチ」を著書の中でまとめている。

　遠藤は、日本的な罪意識としての「他者の苦痛への無関心」に到達してから、そのような罪から人を救い出す神を描き始める。
　そして、「他人の苦痛への無関心」という罪は、「他者の苦痛心」にのみならず「他人の苦痛への無関心」によって苦しむ自分をも無限に許してくれる「母なるもの」によって救される。
　さらに、「母なるもの」は、極めて平凡な日常の中に隠れながら、人を救いへと導く存在である。
　ここで、遠藤の「中間小説」が生まれてくる。

　さらに、遠藤の言う「母なるもの」は、西欧のマリア像から極めて日本的なものに変容していく。
　また、『イエスの生涯』において、「永遠の同伴者」としてのイエスの像として形成される。

　一般的によく知られているように、「厳父のような神」から「母のような同伴者」への変容は、遠藤周作の代表作である小説『沈黙』において絶頂に至る。
　この『沈黙』に関しては、次章7章において詳述したいと思う。

この後、遠藤は、「母なるもの」としての神、「永遠の同伴者」としてのイエス理解に至ることによって、汎神論的な「神々の世界」としての日本にキリスト教の根を下ろした。
　さらに、その神は、特定の名前を持たない神、すなわち、匿名な存在である。
　そして、神の匿名性は神の恵みの普遍性と表裏の関係である。
　神は、匿名であるからこそ「多くの名前をもつ」。
　よく指摘されるように、『深い河』の誕生においては、イギリスの神学者のジョン・ヒックとの出会いがあった。いわば「宗教多元主義の神学」を唱えるヒックの思想は、遠藤の『深い河』の創作において決定的な役目を果たしたのである。

　以上が、カトリック神学による、正統的な遠藤周作理解とも呼べるものであろうと思われる。

[注10] 金承哲、『遠藤周作と探偵小説：痕跡と追跡の文学』（南山大学学術叢書）（教文館、2019年）29 - 40頁

■6-6

「俺にはもう神があっても、なくてもどうでもいいんや」
（『海と毒薬』92頁）

6 遠藤周作の作品におけるカトリックの信仰

——ある種の極限状態において人間は、いかに弱い存在であるか。それが、遠藤周作の小説『海と毒薬』においては鋭く描かれている。

そこにおいては、「神なき日本人の罪意識」が大きなテーマとなっている。
私たち日本人は、どうあるべきなのか？
特に、日本人であるキリスト教徒はどうすべきか？
日本人でありクリスチャンでもある遠藤周作は、自らの日常生活におけるそのような問いを、極限状態における主人公の姿に重ね合わせた。そして、小説という作品世界において、主人公の姿を鋭く深く描写している。

日本人における、また日本人のキリスト教徒が抱えている大きな問題群を、鋭く深く問題提起する作品となっている。

7 特に、遠藤周作の小説『沈黙』について

■ 7 − 1

『沈黙』(1966年) は、「遠藤周作が17世紀日本における史実・歴史文書にもとづいて創作した歴史小説」である[注11]。
「江戸時代初期のキリシタン弾圧の渦中におかれたポルトガル人司祭を通して、神と信仰の意義を」テーマにして描かれている。

この作品で彼は、第2回谷崎潤一郎賞を受賞している。

「この小説で遠藤周作が到達した『弱者の神』『同伴者イエス』という考えは、その後の小説『死海のほとり』『侍』『深い河』といった作品において繰り返し描かれる主題となった。世界中で13カ国語に翻訳されており、イギリスの小説家グレアム・グリーン (Henry Graham Greene、1925 − 1991) をして『遠藤は20世紀のキリスト教文学で最も重要な作家である』と言わしめたのを始め、戦後日本文学の代表作として高く評価されている」と、一般的に言われている。

なお、遠藤周作の小説『沈黙』は、『ディパーテッド』『タクシードライバー』の巨匠・マーティン・スコセッシ監督 (Martin Scorsese、1942 −) が、最近映画化している (2016年、アメリカ映画)。
そこにおいて、キリシタンの弾圧が行われていた江戸初

期の日本に渡ってきたポルトガル人宣教師の目を通し、人間にとって大切なものは何か、人間の弱さとは何かを描き出した。

　巨匠・スコセッシ監督が 1988 年に原作を読んで以来、28 年をかけて映画化にこぎつけた念願の企画で、主人公ロドリゴ役を『アメイジング・スパイダーマン』のアンドリュー・ガーフィールドが演じた。そのほか『シンドラーのリスト』のリーアム・ニーソン、『スター・ウォーズ　フォースの覚醒』のアダム・ドライバーらが共演。キチジロー役の窪塚洋介をはじめ、浅野忠信、イッセー尾形、塚本晋也、小松菜奈、加瀬亮、笈田ヨシといった日本人キャストが出演している。

[注 11]
遠藤周作、『沈黙』（新潮文庫）（新潮社、1981 年）を参照。なお、本文中の数字は、同書のページ数である。

■ 7－2

　小説『沈黙』という作品のあらすじを、ここで Wikipedia から引用する。

　島原の乱（1637 年 12 月 11 日から 1638 年 4 月 12 日まで、島原・天草地域で引き起こされた、百姓を主体とする大規模な武力闘争事件）が収束して間もないころのことである。イエズス会の司祭で高名な神学者であるクリストヴァン・

フェレイラが、布教に赴いた日本での苛酷な弾圧に屈して、棄教したという報せがローマにもたらされた。

　フェレイラの弟子セバスチャン・ロドリゴとフランシス・ガルペは日本に潜入すべくマカオに立寄り、そこで軟弱な日本人キチジローと出会う。

　キチジローの案内で五島列島に潜入したロドリゴは潜伏キリシタンたちに歓迎されるが、やがて長崎奉行所に追われる身となる。

　幕府に処刑され、殉教する信者たちを前に、ガルペは思わず彼らの元に駆け寄って命を落とす。

　ロドリゴはひたすら神の奇跡と勝利を祈るが、神は「沈黙」を通すのみであった。

　逃亡するロドリゴはやがてキチジローの裏切りで密告され、捕らえられる。

　連行されるロドリゴの行列を、泣きながら必死で追いかけるキチジローの姿がそこにあった。

　長崎奉行所でロドリゴは棄教した師のフェレイラと出会い、さらにかつては自身も信者であった長崎奉行の井上筑後守との対話を通じて、日本人にとって果たしてキリスト教は意味を持つのかという命題を突きつけられる。

　奉行所の門前ではキチジローが何度も何度も、ロドリゴに会わせて欲しいと泣き叫んでは追い返されている。

　ロドリゴはその彼に軽蔑しか感じない。

　神の栄光に満ちた殉教を期待して牢につながれたロドリゴに夜半、フェレイラが語りかける。

7 特に、遠藤周作の小説『沈黙』について

　その説得を拒絶するロドリゴは、彼を悩ませていた遠くから響く鼾(いびき)のような音を止めてくれと叫ぶ。

　その言葉に驚いたフェレイラは、その声が鼾などではなく、穴吊りにかけられ拷問されている信者の声であること、その信者たちはすでに棄教を誓っているのに、ロドリゴが棄教しない限り許されないことを告げる。

　自分の信仰を守るのか、自らの棄教という犠牲によって、イエスの教えに従い苦しむ人々を救うべきなのか、究極のジレンマを突きつけられたロドリゴは、フェレイラが棄教したのも同じ理由であったことを知るに及んで、ついに踏絵を踏むことを受け入れる。

　夜明けに、ロドリゴは奉行所の中庭で踏絵を踏むことになる。

　すり減った銅板に刻まれた「神」の顔に近づけた彼の足を襲う激しい痛み。

　そのとき、踏絵のなかのイエスが「踏むがいい。踏むがいい。お前たちに踏まれるために、私は存在しているのだ」と語りかける（沈黙274頁）。

　こうして踏絵を踏み、敗北に打ちひしがれたロドリゴを、裏切ったキチジローが許しを求めて訪ねる。

　イエスは再び、今度はキチジローの顔を通してロドリゴに語りかける。

「私は沈黙していたのではない。一緒に苦しんでいたのだ」
「弱いものが強いものよりも苦しまなかったと、誰が断言できよう」（沈黙294頁）

踏絵を踏むことで初めて自分の信じる神の教えの意味を理解したロドリゴは、自分が今でもこの国で最後に残ったキリシタン司祭であることを自覚するのである。

　——以上が、小説『沈黙』のあらすじである。

■7－3

（A）
　遠藤周作が小説『沈黙』で到達した「弱者の神」「同伴者イエス」という考えは、遠藤周作が考える「イエスという人物の原像」に由来している
　——そう、筆者は考えている［注12］。

　すなわち、もともとは、イエスに関する「口頭伝承」が、昔からあった。それは、原始キリスト教会により「文書化」される過程において、さまざまな「編集」が行われ、部分的に改編された。すなわち、新約聖書には4つの福音書があり、同じイエスに関するエピソードでも、福音書により異なるニュアンスで描かれている。

　それらの違いを超えた、本来のイエスとはどのような人物であったか？
　——この問いを、理知的な遠藤周作は、当然、突き詰めて考えたに違いない。

7 特に、遠藤周作の小説『沈黙』について

　遠藤周作は、20世紀を代表するドイツの新約聖書学者・ブルトマン（Rudolf Karl Bultmann, 1884-1976）の史的・批判的研究に傾倒していたことが、知られている。

　ちなみに、ブルトマンは聖書の非神話化・実存論的解釈を提唱して、キリスト教の内外にさまざまな議論を引き起こしている。

　また、日々の日常生活における、「救い主イエス」との耐えまない「対話」という宗教経験をへて、彼の中では、「原像イエス」が、長い年月をへて形成されていったと推測される。

　次節（B）では、そのような「原像イエス」に関する一例を、自分なりに推測した。
　以下に、まとめて記述しておきたいと思う。

(B)
　イエスは、ガリラヤのナザレで生まれた。ヘブライ語のイェホシュアから、なまりを経由して、ギリシャ語のイェースースになり、日本語表記でイエスになった。イチローのようによくある名前だったため、出身地をつけて、「ナザレのイエス」と呼ばれていた。
　イエスの死後20年くらいして書かれたマルコやパウロの文書には、処女マリヤから生まれたことも、エルサレムの近郊ベツレヘムで生まれたということも、どちらも出て

こない。両者は、紀元80年くらいにできた伝説といえるかもしれない。しかしながら、「伝説」は、いわゆる「史実」ではないとしても、何かしら「ひとのこころに訴えかけてくる・ひとのこころを支えるもの」をもっているものである。

ちなみに、イエスに関する口頭伝承は、死後20年以上経過してから、2つの文書にまとめられた。一つは「マルコ福音書」であり、もう一つはイエスの言葉を羅列した語録である。後者は、「Q資料」と呼ばれている。さらに、30〜40年してから、1世紀末頃に、マタイとルカが福音書を書いた。ルカは、パウロの伝道活動に協力していた人物である。マタイの方は、ギリシャ語の教会知識人たちによる学派的努力を、最後にマタイがまとめた。マルコ福音書には、原始キリスト教会に批判的な記述もあった。マタイとルカは、独自の口頭伝承とQ資料を使用したと言われている。

イエスは、「病人の治癒」を行った。

もしも私が神の指でもって悪霊を追い出しているのだとすれば、神の国はあなた方のもとに来たのである。
(ルカ11・20＝マタイ12・28、Q資料)

自分は悪霊祓いを行った。このように不幸から解放する出来事が起こるとすると、「神の国」が来たといえる。このように、イエスは病気治療を行っていった。

7 特に、遠藤周作の小説『沈黙』について

　イエスは、「弱きものによりそった。」
　例えば、「不正な執事」の譬え話がある（ルカ16・1 − 8）。
　この執事は、帳簿をごまかして、小作人に対して借金を棒引きしてやる。主人は、むしろこの不正な執事の賢いやり方を誉めた。
　──そのようにイエスは、「主なる神」はこの執事のやり方を誉めるだろうと述べている。

「イエスの弟子たちには、農村や漁村出身の者が多かった」と思われる。外から帰って来てそのまま手を洗わずに食事をする、彼らにはそれは平気なことであった。律法学者を中心とするパリサイ派は、このような宗教社会倫理をうるさく押しつけていた（マルコ7・3 − 4）。

　イエスは、「人間が根源的に重要である」とした。安息日に、イエスが会堂に行った（マルコ3・1 − 5）。そこに、手のなえた人がいた。安息日だが、イエスは治癒を行った。同じ安息日の治癒に関して、イエスは「安息日に自分の羊が穴に落ちれば、あなた達は救い出してやるではないか。とすれば、まして人間を救うのは当然ではないか」と主張した（ルカ14・1 − 6）。

　イエスには、「倫理観における徹底さがみられる」。
　例えば、「王様が下僕たちと決算をしようとした」譬え話（マタイ18・23 − 34）に関連して、ペテロが進み出て

イエスに言った。

「主よ、私の兄弟が私に対して罪を犯しましたら、何度赦すべきでしょうか。七度までですか」

「七度までなどとは言うまい。七度を七十倍するまでも赦すがよい」（マタイ 18・21 － 22）

このようなすさまじさは、イエスに独特なものであるといえる。

イエスには、「男性と女性が対等にむかいあう思想」がはっきりと打ち出されている。例えば、イエスは「離縁」に反対した。創世記（2・24）に神は人を男と女につくった。その故に、人はその父母を離れ、二人は一体となると書いてあるのを利用して、すでに一体となったのだから、離婚することはないと述べている（マルコ 10・2 － 8）。

イエスの場合、第三者的に、差別されたサマリア人も仲間にしましょう、という以前に、まず自分たち自身の場にのしかかってくる「強力な宗教支配に抗う活動として存在」した。柔和なやさしさから出て、逆説的な反抗になった時、イエスの活動は存在の根につきささる。

——そう、新約聖書学者の田川建三・大阪女子大学名誉教授は述べている。

（ルカ 17・11 － 19　参照）

「あなた達が見ていることを見る眼、聞いていることを聞

く耳は幸いである」

　イエスは、このように言っている。

「現在の時は、しかも自分の活動を中心にして生じている事態は、すばらしいことなのだ、という確信を何回も言葉にしている」

　——この点も、やはり田川建三博士は指摘している。
（ルカ 10・23 - 4 ＝マタイ 13・16 - 17、Q資料　参照）

　イエスは、十字架につけて殺された。断末魔の中で、イエスは叫んだ。

「我が神、我が神、何ぞ我を見捨て給いし」（マルコ 15・34）

　イエスは、すさまじい死が予期されているにもかかわらず、あえてそれを回避せずに生きぬいたともいえる。

（C）

　以上、イエスに関する素朴な人物像「原像イエス」を、筆者なりに推測して記述した。

　そこには、正統的なキリスト教神学から見れば、異端とも考えられる要素が含まれるかもしれない。

　小説という自由な創作場面において、遠藤周作にとってかけがいのない「イエス」が描かれている。

　それは、彼の宗教経験が非常に色濃く反映された、彼にとって極めて重要なものである。

このような「弱者の神」「同伴者イエス」という考えは、その後の『死海のほとり』『侍』『深い河』といった小説においても、繰り返し描かれている。
　彼にとって、それは極めて重要な主題であった。
　すなわち、彼の全生涯を貫く、かけがいのないテーマだったことが、うかがわれる。

　戦後日本文学の代表作、遠藤周作の小説『沈黙』は、このようにして生まれたと言える。

　先にも述べたように、小説『沈黙』では、夜明けに、ロドリゴは奉行所の中庭で踏絵を踏むことになる。
　すり減った銅板に刻まれた「神」の顔に近づけた彼の足を襲う激しい痛み。
　そのとき、踏絵のなかのイエスが「踏むがいい。踏むがいい。お前たちに踏まれるために、私は存在しているのだ」と語りかける（沈黙274頁）。
　こうして踏絵を踏み、敗北に打ちひしがれたロドリゴを、裏切ったキチジローが許しを求めて訪ねる。
　イエスは再び、今度はキチジローの顔を通してロドリゴに語りかける。
「私は沈黙していたのではない。一緒に苦しんでいたのだ」
「弱いものが強いものよりも苦しまなかったと、誰が断言できよう」

（沈黙 294 頁）

　踏絵を踏むことで初めて自分の信じる神の教えの意味を理解したロドリゴは、自分が今でもこの国で最後に残ったキリシタン司祭であることを自覚するのである。

［注 12］
遠藤周作、『沈黙』（新潮文庫）（新潮社、1981 年）を参照。なお、本文中の数字は、同書のページ数である。また、聖書からの引用は、田川建三『新約聖書 本文の訳 携帯版』（作品社、2018 年）を参照。ちなみに、生前の遠藤周作は、ＮＨＫ教育テレビ（Ｅテレ）の「宗教の時間」という番組に、若手の研究者だった田川建三博士を招いたこともあり、二人は何回かテレビで共演していたことがある。

■ 7 − 4

　遠藤周作のケースでは、このような形式で、自分の抱えている「生の問題」を乗り越えて生きていこうと、さまざまな試行錯誤を続けていたものと考えられる。

　小説『沈黙』で遠藤周作が到達した、『弱者の神』『同伴者イエス』という考えは、その後の小説『死海のほとり』『侍』『深い河』といった作品において繰り返し描かれる主題となった。
　『沈黙』は、世界中で「13 カ国語」に翻訳されており、約三十か国で翻訳出版されている。
　イギリスの小説家グレアム・グリーン（Henry Graham

Greene）をして、「遠藤は20世紀のキリスト教文学で最も重要な作家である」と言わしめたほどである。

『沈黙』は国内・海外で文学賞を受賞し、米国の作家・詩人ジョン・アップダイク（John Updike, 1932 - 2009）からは、「キリスト教徒による今世紀最高の正統的物語」と賞賛された。

また、英ガーディアン紙の「死ぬまでに読むべき必読小説100冊リスト」（2009年）に選出されている。

日本において、キリスト教徒は少数派である。

遠藤周作は、決して口にすることはなかったが、クリスチャンとして青年期から多くの苦労を重ねてきたと想像される。

「苦悩」する日々、そして修道士が経験するような・「小恍惚」と呼ばれる・神と一体化して神により救われたと実感する小規模の救いの経験。

——彼が生活していく日々の中で、それらが何回か繰り返されていたようにも想像される。

遠藤周作の場合には、小説という作品世界における・キリスト教と密接に連関した諸問題に直面する主人公の姿、そこに彼の宗教経験、すなわち宗教と密に連関した経験の痕跡が、さまざまな形態で隠されている。

■ 7 − 5

　遠藤周作という人物は、キリスト教をテーマにした多くの作品で人間と宗教の関わりを深く描いた。
　その一方で狐狸庵(こりあん)先生として、ユーモアあふれるエッセイも残した。愉快でいたずら好きな一面があった。

　すなわち、彼は狐狸庵先生として親しまれ、軽妙なエッセイでも人気を集めた。
　ちなみに「狐狸庵」とは連載エッセイ『狐狸庵閑話』にちなんだもので、このタイトルは「こりゃあかんわ」（関西弁：これはダメだわ）のダジャレである。
　また、テレビのＣＭにもよく出演していた。「違いがわかる男」として登場したネスカフェゴールドブレンドというインスタントコーヒーのＣＭや、晩年に出演したＮＥＣ文豪ＭＩＮＩというワープロのコミカルなＣＭを、筆者はよく覚えている。
　彼は、「非常に真面目な性格であるがゆえに、周囲を堅苦しくさせまいとおどけることがあった」という。
　漫画家・さくらももこ（1965 − 2018）はエッセイにおいて、「ふざけてばかりのおじさんだった」と、遠藤周作との思い出を、彼に対する愛情をこめて述べている。
　ちなみに、彼女は日本における国民的な漫画家である。自身の少女時代をモデルとした代表作『ちびまる子ちゃん』は、テレビアニメ化された。それは1990年以来長きにわ

たり、日曜18時という枠において、フジテレビ系列で全国放送されている。

　ある時、彼女は遠藤周作と対談することになった。会う前は、「真面目で堅い話になるのだろう」と緊張していた。しかしながら、「実際に対談してみると、年齢を10歳ごまかされるなど、終始ジョークばかりで翻弄」されてしまった。

　さらに彼女は、「僕の電話番号」というメモを渡されて、後日電話するように言われた。そのため、後でその通りに電話したところ、つながったのは遠藤周作とは縁もゆかりもない、「東京ガスの事務所」だったそうである。

　以上、遠藤周作という人物についてその一端を述べ、またその人柄を象徴するようなエピソードを紹介した。

　遠藤周作は、小説以外にも、キリスト教に関連した書籍を多く上梓している。遠藤周作の書いた、累計百万部に及ぶ評伝『イエスの生涯』をはじめ、『私のイエス』『キリストの誕生』などは長く今も読み継がれている。『おバカさん』のモデルとして知られているネラン神父が、遠藤周作の追悼文で以下のように述べている。「彼の作品を読んだ大勢の人々が、キリストに興味を抱くようになったし、彼の影響で洗礼を受けた人も少なくない」「パウロ遠藤周作は、異邦人の使徒であるパウロの模範的弟子であった」——このように、ネラン神父は述べている。

7 特に、遠藤周作の小説『沈黙』について

　1995年、遠藤周作は文化勲章を受章している。
　彼は翌年の、1996年9月29日、慶應義塾大学病院で亡くなった。享年、73歳だった。

8 遠藤周作の研究文献について

この章では、入手しやすい、代表的な遠藤周作に関する日本語の研究文献について、概観しておこうと思う。

(A) 上総英郎、『遠藤周作へのワールド・トリップ』(パピルスあい、2005年)
　著者は文芸評論家であり、本名は中村宏・二松学舎大学教授。遠藤文学について、縦横無尽に語っている。特に、『沈黙』とサルトル『悪魔と神』の比較 (39頁)、『黄色い人』からの八篇の小説と昭和二十年前後の重苦しい空気の関係 (121頁)、遠藤周作の宿命的なテーマはイエスの自分に残した痕跡を問うことから始まっている (240頁) など、興味深い話題が本書には満載されている。

(B) 新木安利、『遠藤周作の影と母　深い河の流れ』(海鳥社、2022年)
　著者は「遠藤の文学のテーマ」として、五つを挙げている。西欧的厳父のキリスト教、日本的慈母のキリスト教、弱者の罪と強者の悪、同伴者、復活 (4頁)。それらの合流する地点に位置する『深い河』(1993) という作品について、本書は精緻な議論を展開している。

(C) 加藤宗也、『遠藤周作おどけと哀しみ：わが師との三十年』(文藝春秋、1999年)
　著者は大学在学中に遠藤周作編集の第七次「三田文学」に参加。30年以上の親交を持つ。遠藤は父母の不和によっ

て暗い少年時代を送り、そんな自分の心をかくすために悪戯（わるさ）をしたり、おどけた（233頁）という。遠藤がキュブラー・ロスの「臨死体験」研究に、早い時期から関心を持っていた（序章）など、大変興味深い。

(D) 富樫勘十、『遠藤周作試論——メディア・歴史・精神分析』（ブイツーソリューション、2021年）

　小説の内部構造において、小説が小説になるための、登場者達が文字空間の中で生き生きと動き、読者に語りかけるための様々な機制がある。その仕組みにフォーカスすることが、本書の目的である（6頁）と、著者は述べている。宗教、神学、倫理の側面からではない遠藤周作論を、本書は展開している。

(E) 小嶋洋輔、『遠藤周作論：「救い」の位置』（双文社出版、2012年）

　戦後、高度経済成長期、20世紀末という時代を生き、その時代時代が持つ多様な側面に適宜対応していった作家遠藤周作と彼の言説、作品を、その周辺と照応させることで位置づけようとした（295頁）と、著者は語っている。すなわち、遠藤周作という存在から時代をとらえなおしたいという思いが、本書の背景にはある。

(F) 『遠藤周作：総特集　未発表日記　五十五歳からの私的創作ノート』（KAWADE夢ムック　文藝別冊）（河出書房

新社、2003年)

『侍』と『スキャンダル』の間の変容を明かす未発表日記が冒頭に掲載されている。また、三浦朱門のインタビュー「わが友、遠藤周作を語る」では、「はたちの頃までは全くの劣等生だった」「周作は成り行きで信者になった」(105頁)等、興味深い話題が語られている。その他、座談会・エッセイ・評論も後半に掲載されている。

(G) 金承哲、『沈黙への道 沈黙からの道 ―遠藤周作を読む―』(かんよう出版、2018年)

キリスト新聞に掲載された人気連載を書籍化したもの。遠藤周作の入門書として、最適な書である。「遠藤周作ほど日記を付けつづけた作家を私は多く知らない」(151頁)など、興味深い内容が多く掲載されている。

(H) 金承哲、『遠藤周作と探偵小説:痕跡と追跡の文学』(南山大学学術叢書)(教文館、2019年)

遠藤は探偵小説に関心を抱き、その手法を自分ものにした。自分について語ろうとしても語りつくせないという自覚は、神について語ろうとしても語りつくせないという否定神学の立場と通ずる。彼は、否定神学としての探偵小説(196頁)に関心を持ったとする。

(I) 山形和美(編)、『遠藤周作:その文学世界』(国研選書3)(国研出版、1997年)

遠藤周作は何を表現しようとしたのか——多彩な執筆者による、18項目からなる遠藤周作論である。彼の亡くなった、およそ一年後に、本書は刊行されている。遠藤周作の全体像を俯瞰するのに、最適な一冊といえる。

(J) 菅野昭正（編、著）、加賀乙彦（著）、持田叙子（著）、富岡幸一郎（著）、高橋千劔破（著）、福田耕介（著）、『遠藤周作 神に問いかけつづける旅』（慶應義塾大学出版会、2020年）

遠藤周作没後25年を前にして世田谷文学館で行われた「連続講座」を基にした書である。五人の講師と菅野昭正館長が、遠藤周作による小説の主人公たちが今、何を語りかけてくるのかを論述している。

(K) 山根道公、『遠藤周作探究II 遠藤周作『深い河』を読む：マザー・テレサ、宮沢賢治と響きあう世界』（日本キリスト教団出版会、2023年）

遠藤氏が自分の人生が終わりに近づきつつあることを感じ、文字通り骨肉をけずり書き上げ、日本人としてキリスト教の信仰を生きぬいてきた人生のなかで捉えた真実を、総決算の思いで込めた作品（274頁）である、『深い河』に関する論考である。前半は、作中人物一人一人に込められたテーマに関する読み解きであり、後半は、その宗教性に関して、マザー・テレサや宮沢賢治との共鳴を、本書は描いている。

(L) 文藝春秋（編）、『遠藤周作のすべて』（文春文庫）（文藝春秋、1998年）

　遠藤周作とは？　その人物像を、妻・子・友人が語っている興味深い書である。「主人は慶應の仏文卒なのですけれど、その前に上智の独文にいたらしい」（29頁）——遠藤順子夫人が、「私もつい最近まで存じませんでした」（29頁）など、対談で語られている。

(M) 加藤宗也、『遠藤周作』（慶應義塾大学出版会、2006年）

　遠藤周作とは師弟として30年間親交のある著者が執筆した、遠藤周作に関する、初の本格的評伝である。未公開の新資料も、多く含まれている。遠藤周作がノーベル文学賞の有力候補となり、結果的には大江健三郎氏が受賞した際のエピソード（209頁）など、興味深い内容が満載されている。

(N) 今井真里、『それでも神はいる：遠藤周作と悪』（慶應義塾大学出版会、2015年）

　本書は『三田文学』などに掲載された論考集であり、「遠藤周作の悪」を取り上げた初めての遠藤周作論である。「悪」の問題は遠藤文学の根幹をなす問題であり、初期評論から一貫して取り組んできたものであり、一本の糸のようにどの作品にも綴られている（172頁）と、著者は記している。

8 遠藤周作の研究文献について

(O) 山根道公、『遠藤周作探究ⅠⅡ遠藤周作の文学とキリスト教』(日本キリスト教団出版会、2024 年)

　西欧キリスト教という合わない服を日本人である自分の身の丈に合わせて仕立て直すという方向を進めていく仕事を頑張ってください——本書はその遠藤さんからの言葉に私なりに懸命に応えようと歩んできた足跡であると、著者は述べている（339 頁）。遠藤の聖書理解、吉満義彦・井上洋治からの影響、闘病経験の作品への反映などが、検討されている。

(P) 下野孝文、『遠藤周作とキリシタン：＜母なるもの＞の探究』(九州大学出版会、2023 年)

　本書は、作品の関係した資料の受容状況の調査、また日本人に合ったイエス像を形作っていくプロセスの追求、さらにその背後にあった形而上的な問題の解明という各考察を関連付けた構成となっている（3 頁）。すなわち、これまで十分とは言えなかった作品と資料との関係について詳細に検討した成果が収められている。

(Q) 神谷光信、『遠藤周作とフランツ・ファノン』(デザインエッグ社、2018 年)

　ファノンは、植民地主義を批判して、アルジェリア独立運動において指導的な役割を果たした思想家・精神科医・革命家である。本書は放送大学修士論文「遠藤周作とフランツ・ファノンの比較文化論的研究—フランス本国におけ

る有色人種差別体験を中心に」の全文であり、著者はその後「ポストコロニアル的視座より見た遠藤周作文学の研究」で放送大学から博士号を授与されている（246頁）。

(R) 長濱拓麿、『遠藤周作論「歴史小説」を視座として』（近代文学研究叢刊）（和泉書院、2018年）
「歴史小説」を視座として遠藤文学の見直しをはかる、それにより、遠藤文学の総体を捉えること（iii頁）を、著者は試みている。全体を見通すことで純文学と大衆小説、深刻な小説とエンターティメントの軽小説といった従来の二分法では捉えられなかったものも見えてくるという。すなわち、遠藤研究の枠組みを変えることを、本書は企図している。

(S) 山根道公、『遠藤周作探究Ⅰ 遠藤周作 その人生と『沈黙』の真実』（日本キリスト教団出版会、2023年）
『沈黙』の背後にある人生と信仰、『沈黙』を熟させたもの、『沈黙』を読むという三部構成に、この書はなっている。そこには、遠藤周作の人生についての詳細な調査を通して収集できた新資料が反映されている（389頁）と、著者は述べている。

(T) 泉秀樹（編）『遠藤周作の研究』（実業之日本社、1979年）
　遠藤周作の研究者・評論家・作家仲間ら51人による、文集である。その文学についての本質的考察、個々の作品

8 遠藤周作の研究文献について

についての解明、対談、作家としての人間的な魅力を伝えるエピソード、それら四部構成となっている。1979年に刊行された本書は、当時の遠藤周作に関する評価を知る意味でも、貴重なものと思われる。

　以上、この章では、入手しやすい・代表的な・遠藤周作に関する日本語の研究文献について、概観した。

9 現代における宗教的なものについて

この章においては、現代という時代における「宗教的なもの」に関して、考えているところを記しておきたい。

■9−1

「宗教には、本来、人を救う力がある。」

しかしながら、宗教が団体となり組織として拡大していく過程では、いわゆる官僚的な硬直した組織に変化してしまうこともある。また、本来の意義とはかけ離れてしまい、異質な団体に変質する事例も見かけられる。

極端な例をあげる。

日本には、「オウム真理教」という団体があった。

当初は、麻原彰晃と名乗る人物と、それを取り巻く数名のメンバーが集う「サークル」にすぎなかった。その頃には、何かしら人の心に響く、魅力的な要素がそこにはあったのだろう。

いわゆる「幹部」と後年になって言われた人たちは、その頃に、自らが救われた経験などを持ったのかもしれない。

筆者が医学部に進学する少し前、駒場キャンパスに通学していた頃は、この団体の大きな看板広告が大学付近にも見られたことを記憶している。

しかしながら、この団体は、当初のサークル的な集いからは全く変質していき、悪名高い「地下鉄サリン事件」を引き起こす「テロ組織」となってしまった。

いったい何があり、何故このような悲劇が起きてしまったのか。

日本人、および、日本という国家は、この事例をあらためて総括し直して、悲劇的な事態になってしまったことを心底から反省すべきであると思う。

■９－２

　また、価値観が多様化した現代では、「日常的に接する一般的なものが、宗教的な色合いを呈する」こともある。

　筆者は、拙著『日本文学の統計データ分析』において、金原ひとみ『蛇にピアス』の事例をあげておいた［注13］。

　主人公のルイにとって、「身体改造」という行為は、ある意味、宗教的な色合いを帯びている。

　それにより、何かが変わる。

　そこから、救いの希望の光が、垣間見られる。

　そのような、いわゆる宗教的なものは、複雑化した現代社会にみられる特徴の一つでもあると考えられる。

［注13］伊藤和光、『日本文学の統計データ分析』（東京図書出版、2024年）

■９－３

　さらに、現在、2024年に生きる日本人にとって、米国メジャーリーグ・ドジャースに所属する「大谷翔平選手は、特別な存在」である。

　もはや、スポーツ選手の域を超えて、彼は日本人にとっ

て、国民的なヒーローとなっている。

　日本時間の早朝から、彼の本塁打を見て、爽快な気分で一日を過ごす日本人は、自分の家族も含めて、多勢見られる。

　彼は、まさに今の時代を代表する「教祖」と言ってもおかしくない。

　日本のテレビ、特に地上波は、一日中大谷選手の映像を流し続けており、彼の話題で持ちきりである。

■9－4

　最後に、この本では、宮沢賢治と遠藤周作の事例をあげて、「宗教による救い」という問題を考察した。

　2人が生きていた時代の日本は、ある意味、健全な宗教が「機能」していた時代と言えるかもしれない。

　最近の若い人にとっては、2人の事例を詳しく説明しても、あまり心に響くものがないかもしれないとも思う。

　現在は、価値観が非常に多様化している。

　したがって、今の若い人には、「何かしら自分にとって気になるものを見つけて、それについて考えてみてほしい」と思う。

　それが、なにかしら、自分の「生の問題」にヒントを与えてくれるものであるかもしれないからである。

　以上、現代における「宗教的なもの」に関して、雑感を

述べておいた。

あとがき

　個人的な経験を述べると、筆者は幼少期から人の役に立つこと・人を救うようなことを行うようにと、両親から教えられて育ってきた。筆者の『日本文学の統計データ分析』にも、また日常的に行っている病院診療をまとめた『コンタクトレンズ診療の実際』にも、そのような内容を織り込んで執筆したつもりである。

　そのような意味で、本書は、どうしても出版したかったものである。このようなかたちで、筆者が若いころからの積年の思いをまとめて文章化して、本の形態にすることができたことは、大変幸いに思う。この本により、自分を育ててくれた両親に、ようやく「恩返し」ができたと言えるかもしれない。

　本書の出版にあたっては、株式会社牧歌舎、特に竹林哲己代表のお世話になりました。この場をかりて、感謝の気持ちを表しておきたいと思います

　I would like to thank Hachidori Inc. and One Peace Books Inc. for the English edition of this book. Especially, I would like to thank Yumi Itabashi for the guidance of the publication in the United States.

なお、現在、筆者は、『統計学を用いた文体研究に関する簡便法の考案：近現代日本文学研究への応用』という研究を行っている。

　特に、夏目漱石の小説・英詩・漢詩・『文学論』に筆者は関心がある。彼に代表されるような日本人に「英米文化」の与えた影響、「近代日本の自我」についての考察などを、本にまとめている最中である。

■引用文献一覧

（A）本文および附録（引用順に掲載）

井筒俊彦、『神秘哲学：ギリシャの部』（岩波文庫）（岩波書店、2019 年）

井筒俊彦、『スーフィズムと老荘思想 上・下』（井筒俊彦英文著作翻訳コレクション）（慶應義塾大学出版会、2019 年）

井筒俊彦、『意識と本質：精神的東洋を索めて』（岩波文庫）（岩波書店、1991 年）

W．ジェイムス（著）、舛田啓三郎（訳）『宗教的経験の諸相（上）（下）』（岩波文庫）（岩波書店、1969 － 1970 年）

宮沢賢治、『【新装版】宮沢賢治詩集』（ハルキ文庫）（角川春樹事務所、2019 年）

宮沢賢治、『注文の多い料理店』（新潮文庫）（新潮社、1990 年）

北川前肇、『ＮＨＫこころの時代〜宗教・人生〜宮沢賢治 久遠の宇宙に生きる』（ＮＨＫシリーズ）（ＮＨＫ出版、2023 年）

福島章、『宮沢賢治：こころの軌跡』（講談社学術文庫）（講談社、1985 年）

遠藤周作、『海と毒薬』（角川文庫）（角川書店、2004 年）

金承哲、『遠藤周作と探偵小説：痕跡と追跡の文学』（南山大学学術叢書）（教文館、2019 年）

遠藤周作、『沈黙』（新潮文庫）（新潮社、1981 年）など。

カール・グスタフ・ユング（著）、アニエラ・ヤッフェ（編）、河合隼雄・藤縄昭・出井淑子（訳）『ユング自伝1・2—思い出・夢・思想—』（みすず書房、1972年 - 1973年）

田川建三『新約聖書 本文の訳 携帯版』（作品社、2018年）

オットー（著）、久松英二（訳）『聖なるもの）』（岩波文庫）（岩波書店、2010年）

鴨長明（著）、浅見和彦・伊東玉美（訳注）『新版 発心集（上）（下）現代語訳付き』（角川ソフィア文庫）（KADOKAWA/角川学芸出版、2014年）

五味文彦、『鴨長明伝』（山川出版社、2013年）

聖イグナチオ・デ・ロヨラ（著）、ホセ・ミゲル・バラ（訳）、『霊操（改訂版)』（新世社、2018年、第三刷）

垣花秀武、『人類の知的遺産27 イグナティウス・デ・ロヨラ』（講談社、1984年）

伊藤和光、『日本文学の統計データ分析』（東京図書出版、2024年）

河合隼雄、『ユング心理学入門』（培風館、2023年、初版第66刷）

（B）宮沢賢治研究（引用順に掲載）

今野勉、『宮沢賢治の真実—修羅を生きた詩人』（新潮文庫）（新潮社、2020年）

毛利衛（著）、ひしだようこ（イラスト）、『わたしの宮沢賢治 地球生命の未来圏』（ソレイユ出版、2021年）

岡村民生、『宮沢賢治論 心象の大地へ』（七月社、2021年）

山下聖美（著）、Naffy（イラスト）、『わたしの宮沢賢治 豊穣の人』（ソレイユ出版、2018年）

見田宗介、『宮沢賢治：存在の祭りの中へ』（岩波現代文庫）（岩波書店、2001年）

山下聖美、『別冊NHK100分de名著 集中講義 宮沢賢治—ほんとうの幸いを生きる』（NHK出版、2018年）

吉本隆明、『宮沢賢治』（ちくま学芸文庫）（筑摩書房、1996年）

天沢退二郎（編）、『新装版 宮沢賢治ハンドブック』（新書館、2014年）

宮沢清六、『兄のトランク』（ちくま文庫）（筑摩書房、1991年）

山折哲雄（著）、綱澤満昭（著）、『ぼくはヒドリと書いた。宮沢賢治』（かいふうしゃ、2019年）

中村稔、『宮沢賢治論』（青土社、2020年）

佐藤隆房、『宮沢賢治 素顔の我が友 最新版』（冨山房インターナショナル、2012年）

菅原千恵子、『宮沢賢治の青春：ただ一人の友 保阪嘉内をめぐって』（宝島社、1994年）

王敏（著）、西淑（イラスト）、『わたしの宮沢賢治 賢治ことばの源泉』（ソレイユ出版、2019年）

畑山博、『教師 宮沢賢治のしごと』（小学館文庫）（小学館、2017年）

牧千夏、『農村青年の文学—昭和初期の農村アマチュア作家と宮沢賢治』（ひつじ研究叢書〈文学編〉）（ひつじ

書房、2023 年)

(C) 遠藤周作研究（引用順に掲載）

上総英郎、『遠藤周作へのワールド・トリップ』(パピルスあい、2005 年)

新木安利、『遠藤周作の影と母 深い河の流れ』(海鳥社、2022 年)

加藤宗也、『遠藤周作おどけと哀しみ：わが師との三十年』(文藝春秋、1999 年)

富樫勘十、『遠藤周作試論——メディア・歴史・精神分析』(ブイツーソリューション、2021 年)

小嶋洋輔、『遠藤周作論：「救い」の位置』(双文社出版、2012 年)

『遠藤周作：総特集 未発表日記 五十五歳からの私的創作ノート』(KAWADE 夢ムック 文藝別冊)(河出書房新社、2003 年)

金承哲、『沈黙への道 沈黙からの道 —遠藤周作を読む—』(かんよう出版、2018 年)

金承哲、『遠藤周作と探偵小説：痕跡と追跡の文学』(南山大学学術叢書)(教文館、2019 年)

山形和美(編)、『遠藤周作:その文学世界』(国研選書 3)(国研出版、1997 年)

菅野昭正(編、著)、加賀乙彦(著)、持田叙子(著)、『遠藤周作 神に問いかけつづける旅』(慶應義塾大学出版会、2020 年)

山根道公、『遠藤周作探究Ⅱ 遠藤周作『深い河』を読む：マザーテレサ、宮沢賢治と響きあう世界』（日本キリスト教団出版会、2023年）

文藝春秋（編）、『遠藤周作のすべて』（文春文庫）（文藝春秋、1998年）

加藤宗哉、『遠藤周作』（慶應義塾大学出版会、2006年）

今井真里、『それでも神はいる：遠藤周作と悪』（慶應義塾大学出版会、2015年）

山根道公、『遠藤周作探究ⅠⅡ 遠藤周作の文学とキリスト教』（日本キリスト教団出版会、2024年）

下野孝文、『遠藤周作とキリシタン：＜母なるもの＞の探究』（九州大学出版会、2023年）

神谷光信、『遠藤周作とフランツ・ファノン』（デザインエッグ社、2018年）

長濱拓磨、『遠藤周作論「歴史小説」を視座として』（近代文学研究叢刊）（和泉書院、2018年）

山根道公、『遠藤周作探究Ⅰ 遠藤周作 その人生と『沈黙』の真実』（日本キリスト教団出版会、2023年）

泉秀樹（編）『遠藤周作の研究』（実業之日本社、1979年）

References available in the United States, selected by Kazumitsu Ito.
＜米国で入手しやすい参考文献一覧＞
（選者：伊藤和光）

Shusaku Endo (Author), William Johnston (Translator), Martin Scorsese (Forward), *Silence: A Novel (Picador Classics),* Picador Modern Classics 2016.

Shusaku Endo (Author), Michael Gallagher (Translator), *The Sea and Poison: A Novel (New Directions Paperbook, 737),* New Directions 1992.

Ignacio (De Loyola), *Exercitia Spiritualia S. P. Ignatii De Loyola: Cum Versione Literali: Ex Autographo Hispanico Notis Illustrata,* Legare Street Press 2023.

Kazumitsu Ito, *Statistical Data Analysis of Japanese Literature,* One Peace Books 2025 (in press).

Kazumitsu Ito, *Basho's Linked Verse: A Comprehensive Translation of the 576 Poems across 16 Volumes,* One Peace Books 2025 (in press).

Toshihiko Izutsu, *Sufism and Taoism: A Comparative Study of*

Key Philosophical Concepts, University of California Press 2016.

Toshihiko Izutsu, *Ethico-Religious Concepts in the Qur'an,* McGill-Queen's University Press 2002.

William James (Author), CrossReach Publications (Editor), *The Varieties of Religious Experience: Complete and Unabridged (Illustrated),* Independently published 2017.

C. G. Jung, *Memories, Dreams, Reflections Publisher: Vintage; Revised Edition,* Vintage Books 1989.

Kamo no Chomei (Author), Reginald Jackson ?(Illustrator), Matthew Stavros? (Translator), *Hojoki: A Buddhist Reflection on Solitude: Imperfection and Transcendence ? Bilingual English and Japanese Texts with Free Online Audio Recordings,* Tuttle Publishing 2024.

Hitomi Kanehara, *Snakes and Earrings,* Vintage Books USA 2005.

Hitomi Kanehara, *Autofiction,* Vintage Books USA 2008.

Hayao Kawai, *Dreams, Myths and Fairy Tales in Japan,* Daimon

References available in the United States, selected by Kazumitsu Ito.

Verlag 1995.

Kuki Shuzo (Author), John Clark (Translator), *Reflections on Japanese Taste: The Structure of Iki,* Power Publications, Sydney 2011.

Rudolf Otto, *The Idea of the Holy - Text of First English Edition,* Martin Fine Books 2010.

Kenji Miyazawa (Author), John Bester (Translator), *Once and Forever: The Tales of Kenji Miyazawa (New York Review Books Classics),* NYRB Classics 2018.

Kenji Miyazawa (Author), Roger Pulvers (Translator), *Strong in the Rain: Selected Poems,* Bloodaxe Books 2007.

■附録：
鴨長明『発心集』と日本人の素朴な信仰心について

第 1 節：

　本書では、文芸評論、特に「宗教的な救い」というテーマから見た日本文学論に関して論述した。そのため、2 人の作家、すなわち、宮沢賢治と遠藤周作を、主な考察対象とした。宮沢賢治は仏教徒であり、それに対して、遠藤周作はキリスト教徒である。2 人の作品には、自身の宗教経験が色濃く反映されていると思われる。その点について、詳しく論述を展開するように努力した。

　この附録では、この 2 人の作家に共通な、そして根底に低層流として流れている「日本人の素朴な信仰心」に関して考察したいと思う。

　日本において、「神仏習合」（Syncretization of Shinto with Buddhism）は、587 年蘇我馬子による法興寺（のちの飛鳥寺）建立発願の頃から、1868 年の明治政府による「神仏分離令」まで、極めて長く続いた歴史をもつ。
　このような神も仏も信仰するという、独特な信仰の形態も、日本人の根底にある素朴な信仰心の表れとも言えるかもしれない。
　現在においても日本人には、このような神仏習合といっ

附録：鴨長明『発心集』と日本人の素朴な信仰心について

た傾向が、脈々と流れ続けている。

　すなわち、一般的に、正月には神道の神社に参拝して「初詣」をする。また、キリスト教のハロウィンやクリスマスの時期には、全国的に祝い事のムードとなる。さらに、家族が亡くなった後には、仏教にのっとった仏式で「葬儀」を行ったりする。

　日本人にとっては、それが自然なことである。特に、違和感もない。

　原理原則を重要視する海外の人から見たら、「無宗教で単に儀礼的な慣習を行っている国民」であるようにも映るだろう。

　しかしながら、日本では、神道の神社で手を合わせて拝む時にも、仏式の葬儀で死者を弔う時にも、「ある種の信仰心の発露」として行っており、全くの慣習という訳でもない。

　それは、ルードルフ・オットー（Rudolf Otto、1869 － 1937）が述べたような「宗教的なものの核心にある聖なるものの体験」、すなわち「合理的に発達した宗教の核心にある非合理的なもの——感情や予覚による圧倒的な『聖なるもの』の経験」に近い。

　このように言えば、ある程度、海外の人々にも理解してもらえるであろうか。

　ちなみに彼は、その本質を「ヌミノーゼ」と名づけ、「現

象学的・宗教哲学的な考察」を、彼の画期的な著書の中で展開している［注釈1］。

それは、ユングの言葉を借りて言えば、「『普遍的な無意識』にある人類に共通の『元型』的なもの」と言えるかもしれない。

日本人のケースでは、そのような聖なるものに対する畏怖心・崇拝・尊敬・願望といった要素が、いわゆる制度化した宗教的なシステムに拘らずに、またいくつかの宗教的なシステムにまたがって、発露している様子が、見て取れる。
——そう、筆者は考えている。

これらの点については、この附録の最後に、また確認しておきたいと思う。

［注釈1］
以下の文献を参照。オットー（著）、久松英二（訳）『聖なるもの）』（岩波文庫）（岩波書店、2010年）

第2節：

鴨長明『発心集』は、鎌倉初期の仏教説話集である［注釈2］。

『発心集』は、鴨長明（11155 − 1216）晩年の編著である。したがって、建保4年（1216年）以前に成立した書物で

あることが分かっている。

　一言で言えば、『発心集』は「仏の道を求めた隠遁者の説話集」と言える。
「盛名を良しとせず隠遁の道を選んだ高僧（冒頭の玄賓僧都の話など）をはじめ、心に迷いを生じたため往生し損なった聖、反対に俗世にありながら芸道に打ち込んで無我の境地に辿り着いた人々の生き方をまざまざと描き、編者の感想を加えている。人間の心の葛藤、意識の深層を透視したことで、従来の仏教説話集にはない新鮮さがある」と、一般的に言われている。

［注釈2］
鴨長明（著）、浅見和彦・伊東玉美（訳注）『新版 発心集（上）（下）現代語訳付き』（角川ソフィア文庫）（KADOKAWA／角川学芸出版、2014年）
なお、本文中の数字は、同書のページ数である。

第3節：

　鴨長明『発心集』は、鎌倉初期の仏教説話集であることから、仏教に関する宣伝・教育・布教といった編集者の意図も、当然、そこには織り込まれていると推測される。

　しかしながら、本来の口頭伝承の部分には、鎌倉時代に至るまでの日本人が保有していたリアルな心性・信仰心・

国民性といったものが、その根底流として流れていると考えられる。

第4節：

　ここからは、鴨長明『発心集』のテキストを詳しく見ていく。
(a)
　『発心集』には、高僧・名僧といった評判が立つのを嫌い突如失踪して渡し守になり身をやつしていた玄賓僧都、奇行および狂人との噂を意識的に広めた僧賀上人など、純粋な宗教家が描かれている。
　また、貴賤を問わず、往生できた人、往生できなかった人、往生したいと発心するさまを集めた説話集である。
　そこには、はかない世間を厭う当時の世相が、色濃く反映されている。法華経や阿弥陀仏の本願にすがることが、広く行き渡っていることも見てとれる。
　――このように、言われている。
　鴨長明の手になるものだけあって、文学性、芸術性、オリジナリティーという観点から見ても、他の仏教説話集とは比べようのない、優れた作品に仕上がっているようにも思われる。

　飢饉、大地震、京中の大火、鴨長明が生きた時代は多難な日々が続いた。

その中にあって、時代の波に翻弄されつつも、身をもって時代に立ち向かった鴨長明の精神性を、歴史家である五味文彦・東京大学名誉教授・放送大学名誉教授は『方丈記』『無名抄』などの著作から読み解いている［注釈3］。

　特に、各年代に創作された和歌を基にして、彼の挫折や祈りを読み解き、彼の人生の物語を紡いでいる点が特徴的である。

　そこから、『発心集』が生まれた背景となる多難な時代の状況を、現代に生きる私たちにも分かりやすく説明してくれている。

　次節（b）では、『発心集』の中から具体例を、いくつか現代語訳で挙げておく。

［注釈3］五味文彦、『鴨長明伝』（山川出版社、2013年）

(b)
（b-1）まず、これは冒頭のエピソードである。『発心集』全体の最初に記載されており、編集者・鴨長明にも特別な思い入れがあったと推測される。

　発心集　第一
　一　玄敏僧都が世を遁れ、姿を隠したこと

玄敏、遁世する
　昔、玄敏僧都という人がいた。奈良の興福寺の立派な学

III

僧だったが、俗世を忌み嫌う心は非常に深く、寺中の付き合いを心から嫌っていた。そんなわけで三輪川のほとりに、小さな庵を結び、仏道修行のことをいつも心に思いながら日を暮していた（発心集 上 251 頁）。

桓武天皇の御時、天皇は玄敏の話をお聞きになり、宮中に参内するよう、いくどとなくお招きになるので、お断りすることもできず、いやいやながら、お訪ねした。しかし、やはり本意ではなかったのだろうか、平城天皇の御時に、大僧都の職をお与えになろうとされたところ、御辞退申し上げるということで、こんな歌を詠んだ。

三輪川の清き流れにすすぎてし衣の袖をまたはけがさじ（三輪川の清らかな流れですすぎ洗ったこの袖を、俗世のことで二度とよごしたくはありません）と詠んで、帝に奉ったのだった。

そうこうしているうち、弟子にも、また下仕えの者にも知られないで、どこへともなく姿を消してしまった。しかるべき所を尋ね一生懸命捜したが、その姿は全くない。（中略）

越の国に船頭

その後、何年か経って、弟子だった人が、あることのついでで、北陸の方へ出かけていった（発心集 上 252 頁）。そこに大きな河があった。渡舟がやってくるのを待って、それに乗って河を渡った。船頭を見たところ、髪の伸びた、いが栗頭の法師で、きたならしい麻の衣を着ていた。「み

すばらしい姿だなあ」と見ていたのだが、何となく見かけた僧のように思われる。「誰かと似ている」とあれこれ考えていると、何年も前に失踪して、姿をくらました、自分の師匠の僧都だということに気がついた。(中略) 悲しさは強くこみ上げ、涙がこぼれかかったが、懸命にこらえ、何気なくふるまっていた。船頭の法師の方でも気がついた様子だったが、あえて視線を合わせない。(中略)「夜分にでもお住まいの所へ訪ねていって、ゆっくりとお話し申し上げよう」と思って、その時はそのまま終わらせた。

玄敏、再び行方をくらます

　さて、帰り道。同じ渡しの所に戻って見ると、違う船頭だった。目の前がまっ暗になり、息もできないくらいだった。詳しく事情を聞いてみると、「そういう法師は以前にはおりました。長年の間、ここの船頭をやっていましたが、そんなに身分の低い者という感じでもなくて、いつも心を澄まして念仏を一心に唱えていました。たくさん船賃を取るということなどもなくて、その折、その折に食べる物程度で、他はいっさい欲しがらず、物をむさぶる心など全くなく過ごしておりましたから、里の人々もとても大切に扱っておりました。ところが、いったい何があったのでしょうか、これこれのころ、かき消すように姿が失せて、行方もわからなくなってしまいました」というのだった (発心集 上 253頁)。とても悔やまれ、無念に思った。いなくなったという月日を計算してみると、ちょうど自分が出合った

ころであった。身の有様を知られてしまったと思って、またどこかに去っていってしまったのだろう。

(b－2) こんな話もある。

五　多武峰の僧賀上人が世を遁れ、極楽往生したこと

比叡山で道心を祈る

　僧賀上人は、参議橘恒平の子、慈恵僧正良源の弟子である（発心集　上 262頁）。この人は、幼い頃から高徳で、「将来は貴い人になるだろう」と広く世間からほめられていた（発心集　上 263頁）。しかし、心中では深く現世を嫌い、名誉や利益にとらわれず、極楽往生だけを人知れず願っていらした。思い通りの仏道心が起こらないことをしきりに嘆き、比叡山延暦寺の根本中堂に千夜参籠し、毎晩千回の拝礼をし、仏道心がつくようお祈り申し上げた。（中略）しまいになって、「仏道心よ、お付きになって下さい」とはっきり聞こえた時、「尊いことだ」など人々は言い合った。

とりばみの真似

　こうして千夜が達成された後、そうなるべき運命だったのか、世間を嫌う思いがいっそう強まってきたので、「何とかわが身を価値のない存在にしたい」と機会を待っていたが、ある時、内裏義という儀式があった。いつもの通り、儀式後にご馳走の残りを庭に投げ捨てると、大勢の乞食が

附録：鴨長明『発心集』と日本人の素朴な信仰心について

四方からやって来て、争い取って食べる習慣があったが、この宰相の禅師僧賀上人は、急に僧侶の中から走り出て、この食べ物を拾って食べた。見た人が「この禅師は正気を失ったのか」と大騒ぎするのを聞き、上人は「私は正気だ、そうおっしゃる皆様方こそ正気を失っておられるのでしょう」と言って、全く驚く様子もない（発心集 上 264 頁）。「あきれたことだ」と人々が言い合っているうちに、これをきっかけとして、上人は隠遁してしまった。

授戒の場で放言

　後には大和の国の多武峰というところに籠って、思う存分仏道修行をして歳月を送った。その後、尊い僧だとの評判が立って、時の后の宮が授戒の僧として召したので、いやいやながら参上し、寝殿の欄干のそばで、いろいろと聞くに堪えない言葉を口にして、結局何もしないで退出した。

　また、仏像の供養をしたいという人のところへ行く途中、説法の内容などを道中考えている時、「私は名誉や利益を求めて文案を考えているのだな。悪魔にきっかけを与えてしまった」と気づき、先方に到着するや否や、ちょっとしたことに難癖を付け、檀越と口論して、供養も行わずに帰ってしまった。こうした行動は、人からいやがられて、二度とこのような依頼をされまいと考えてのことに思われる（発心集 上 264 頁）。

干鮭を腰に差し牝牛に乗る

 また、師の慈恵僧正が僧位昇進のお礼を申し上げなさった時、行列の先導役に加わって、干鮭というものを太刀のように腰に差し、牝牛の骨ばかりのひどく痩せたのに乗って「車の前駆にお付きしよう」といいながらあちらこちら派手に乗り回したので、見物の人々は皆いぶかしみ、驚いた。

 そして「名声を追いかけるのは苦しいことだ。乞食の身こそ楽しい」と歌いながら立ち去った。慈恵僧正も賢いお方であったので、あの「私が車の前駆をやろう」という僧賀の声が、僧正の耳には「悲しいことだ。私の師は悪道に陥ろうとしている」と聞こえたので、車の中で「これも衆生に利益を与える為だ」と人知れず答えなさった（発心集上 265 頁）。

碁を打ち、舞をまう

 この僧賀上人は臨終の時、まず碁盤を持って来させて一人で碁を打ち、次に馬具の障泥（あおり）を持って来させてこれをかぶり、胡蝶（こちょう）という舞の真似をした。弟子達がいぶかしんで、理由を聞くと「幼い頃、この二つをやってはいけないと人に注意されていた。してみたいと思いながらできなかったが、ずっと心にかかっていたので、もし現世への執着になるといけないと思って」とおっしゃった。

 そして諸菩薩の迎えが来たのを見て、喜びながら和歌を詠む。

みつはさす八十あまりの老の浪くらげの骨にあひにけ
　るかな
　　（ひどく年老いた八十すぎの老いの波が、ありえない
　　はずのくらげの骨に出会うように、奇跡的な来迎に出
　　会うことができた）

と詠んで息絶えた（発心集 上 265 頁）。

(b－3) 最後に、庶民のエピソードを挙げておく（発心集 上 315 頁）。

発心集　第三
一　近江の国のましての叟のこと

ましての翁
　中ごろ、近江の国に物乞いをして歩く翁がいた。立っても座っても、見ても聞いても毎に「まして」とばかり言っていたので、国の人々は「ましての翁」と呼んでいた。大した行徳もないが、長年愛想よくふるまって歩き回っていたので、人は皆この翁を知っていて、姿を見ると施しを与えていた。

翁が往生する夢
　その頃、大和の国にいる聖が、この翁が必ず往生するという夢を見たので、結縁のために訪ねて来て、そのまま翁

の草庵に泊まった。そして、夜などにはどのような修行をするのだろうかと聞き耳を立てていたが、全く勤行をしない。聖が「どのような修行をしているのか」と聞くと、翁は全く修行などしていないと答える。聖が重ねて「実は私は、あなたが往生する夢を見ましたので、わざわざ訪ねて来たのです。隠さないで教えてほしい」と言った。

翁の修行法

　その時、翁は「実をいうと、私は一つの修行をしている。『まして』という口癖がそれだ。飢えている時には、餓鬼の苦しみを想像して、『まして』と言う。寒いにつけ暑いにつけても、寒熱地獄を思っては『まして』ということ、同様だ。いろいろな苦しみに会うたびに、ますます悪道に堕ちることを恐れる。おいしい物を前にした時には、天の甘露はもっとすばらしいと想像して、眼前の物に執着を持たない。もし美しい色を見、すばらしい声を聞き、香しい香りをかいだ時も『こんなものは物の数ではない。あの極楽浄土の荘厳は、何につけても、まして、どんなにすばらしいだろうか』と思って、現世の楽しみにとらわれないようにしているのだ」と言った。

　聖はこれを聞いて涙を流し、手を合わせて立ち去った。

　必ずしも浄土の荘厳を観想する修行をしなくても、何かにつけて仏法の道理を思うのもまた、往生に向けての修行となるのだ（発心集 上 316 頁）。

附録：鴨長明『発心集』と日本人の素朴な信仰心について

(c)
　以上、鴨長明『発心集』におけるテキストの具体例を、現代語訳で挙げておいた。

　新約聖書学の場合には、四つの福音書に記載されている同一のエピソードを比較対照することにより、福音書を編集した「編集者の意図」を、ある程度推測することができる。すなわち、そのような「編集史的研究」が可能である。
　それに対して、鴨長明『発心集』に関しては、比較対照研究する文書に乏しいため、はっきりと、本来の「口頭伝承」がどのようなものであったか、そこに付与された編集者の意図がどのようなものであったか、推測することが困難である。
　しかしながら、全体的に一貫して見られる題材やモティーフ・基調となる傾向などからは、ある程度、口頭伝承が有していた傾向が推測できると考えられる。その点からは、日本人が持つ素朴な信仰心といった基調傾向も、読み取ることができるように思われる。

第5節：
　ここで、海外における他宗教との比較を試みる。
　すなわち、この第5節では、「統計データ分析」の方法を用いて、鴨長明『発心集』と海外の諸宗教との比較検討を行う（図2を参照）。

目的：

以下の、5種類の文献を比較検討する［注釈4］。

(A)

ウィリアム・ジェームス（1842 - 1910）は、米国の心理学者。プラグマティズムという彼の哲学的枠組みの中に、宗教論を捉えなおした。

彼の代表作『宗教的経験の諸相』は、1901年から2年かけて行われた、エディンバラ大学におけるギフォード講義の記録である。科学的な方法による宗教心理学の最初の労作であり、不朽の名著。膨大な資料が用いられ、回心・聖徳・神秘主義が解明される。

そこに描かれた、主に米国人キリスト教徒を、この調査では、研究対象とした。

なお、表1・図2では、Jamesと略して記載した。

(B)

スーフィズムは、9世紀以後に生じた。イスラム教の世俗化・形式化を批判する改革運動である。そこでは、修行によって、自我を滅却して、忘我の恍惚の中で、神と神秘的に合一すること（ファナー fanā'）を究極の目標とする。一種の内面化運動といえる。

井筒俊彦博士は、スーフィズムと道教を比較して、その内的構造を研究している。

主に、彼の著作を参考にして、この調査では、研究対象とした。

なお、表1・図2では、Sufismと略して記載した。

(C)

道教は、中国における三大宗教（儒教・仏教・道教）の一つ。中国・漢民族に固有の宗教である。

一般には、老子の思想を根本とする。その上に、不老長寿を求める神仙術、おふだを用いた呪術である符籙、亡魂の救済と災厄の除去である斎醮、仏教の影響を受けて作られた経典・儀礼など、さまざまな要素が、時代の経過と共に、積み重なっていった。基本的には、多神教である。

伝説的には、黄帝が開祖で、老子がその教義を述べ、後漢の張陵が教祖となって、教団が創設されたと語られることが多い。

井筒俊彦博士は、スーフィズムと道教を比較して、その内的構造を研究している。

主に、彼の著作を参考にして、この調査では、研究対象とした。

なお、表1・図2では、Taoismと略して記載した。

(D)

イグナチオ・ロペス・ロヨラ(1491 – 1556)は、カスティーリャ王国領バスク地方出身の修道士である。バスク人。カトリック教会の修道会であるイエズス会の創立者の一人であり、初代総長を務めた。

1521年パンプローナの戦いで彼は負傷して、父の城で

療養した。その時に、イエス・キリストの生涯の物語や聖人伝を読み、聖人たちのような自己犠牲的な生き方をしたいと考えはじめた。特に、アッシジのフランチェスコの生き方に影響されて、聖地に赴いて非キリスト教徒を改宗させたいという夢を持つにいたったという。

ロヨラたちが創立したイエズス会の会員は、教皇への厳しい服従をモットーに世界各地で活躍して、現在にいたる。

ロヨラは神秘家とも言える側面を有している［注釈5］。『霊操』の著者としても有名である。対抗宗教改革の中で、大きな役割を果たした。

カトリック教会の聖人。記念日（聖名祝日）は、7月31日である。

主に、ロヨラの著書『霊操』を、この調査では、研究対象とした。

なお、表1・図2では、Loyolaと略して記載した。

(E)

鴨長明（1155 – 1216）は、平安時代末期から鎌倉時代前期にかけての歌人・随筆家である。

賀茂御祖神社（下鴨神社）の神事を統率する禰宜・鴨長継の次男として、京都で生まれた。和歌を俊恵の門下として学び、『千載和歌集』にも、読み人知らずとして入集している。

1204年、神職としての出世の道を閉ざされ、出家した。

1212年に成立した『方丈記』は、和漢混淆文による文

芸の祖であり、日本における三大随筆の一つである。

　他に、同時期に書かれた歌論書『無名抄』、説話の『発心集』、歌集として『鴨長明集』がある。なお、文体や時代背景から、作者不明である『平家物語』の作者とする説もある。

　彼が編纂した仏教説話集の『発心集』を、この調査では、研究対象とした。

　なお、表１・図２では、鴨長明と略して記載した。

　以上、５種類の文献に関して、「統計データ分析」の方法を用いて比較する。すなわち、鴨長明『発心集』と海外の諸宗教との比較検討を行う。それにより、鴨長明『発心集』の特徴を明確化することが、本調査の目的である。

方法：

　研究方法は、筆者が歌人・俵万智の研究において用いたものと同様な、一問一答の調査である［注釈６］。

　その結果は、（１，０）形式のデータであり、アンケート調査のデータと同様なものである。そのため、数量化３類という、アンケート調査の分析で広く用いられている統計学的分析方法を適用した。

　それにより、似ているものと異なるものの関係性を図式化した、ポジショニングマップを作成した。

　調査するテキストの長さは、質的データ分析であることから、原理的には問題とならない。

しかしながら、概ね単行本一冊ずつのテキストを比較しており、比較研究における常識の範囲を大きく逸脱していないことは、念のため、明記しておく。

チェックする項目（20項目）は、次のとおりである。

1：宗教、2：修行、3：アジア、4：欧米、5：アラビア、6：内面探究、7：布教、8：伝道活動、9：悟り、10：神との一体化、11：日本、12海外、13：神、14：仏、15：厭世、16：出家、17：職業生活、18：結婚、19：聖典、20：回心

上記のチェック項目（20項目）に、該当するか否かで、一問一答式の調査をした。
該当する場合は、yes = 1
該当しない場合には、no = 0 と変換する。

その結果、5種類の文献に関するデータは、以下のようになった。

(a) James
  (1, 0, 0, 1, 0, 0, 1, 0, 0, 1, 0, 1, 1, 0, 0, 0, 1, 1, 1, 1)
(b) Sufism
  (1, 1, 0, 0, 1, 1, 0, 0, 0, 1, 0, 1, 1, 0, 1, 1, 0, 0, 1, 0)
(c) Taoism
  (1, 1, 1, 0, 0, 1, 0, 0, 0, 0, 0, 1, 0, 0, 1, 1, 0, 0, 1, 0)

(d) Loyola

　(1, 1, 0, 1, 0, 1, 1, 1, 0, 1, 0, 1, 1, 0, 0, 1, 1, 0, 1, 0)

(e) 鴨長明

　(1, 0 1, 0, 0, 0, 1, 0, 1, 0, 1, 0, 0, 1, 1, 1, 0, 0, 1, 0)

これら（1, 0）形式のデータは、一般的なアンケート調査の結果と同様なデータ形式である。

そこで、アンケート調査の結果を分析するのによく用いられている、数量化3類というデータ分析の統計学的方法を使用した。

それにより、似ているもの・異なるものの関係性を示すポジショニングマップが得られる。

結果は、表1・図1・図2のとおりである。

表1　数量化3類分析の結果：
5種類の文献に関する調査

	第1軸	第2軸
固有値	0.482411	0.321248
カテゴリー数量		
James	-1.12798	-1.29872
Sufism	-0.14083	1.205692
Taoism	0.484939	1.040935
Loyola	-0.62427	0.122934
鴨長明	1.81109	-0.98582

	第 1 軸	第 2 軸
サンプル数量		
1	0.116031	0.03
2	-0.13445	1.393563
3	1.65287	0.048618
4	-1.26141	-1.03724
5	-0.20276	2.127239
6	-0.13445	1.393563
7	0.028239	-1.27126
8	-0.8988	0.216897
9	2.607542	-1.73932
10	-0.90853	0.017588
11	2.607542	-1.73932
12	-0.50685	0.472329
13	-0.90853	0.017588
14	2.607542	-1.73932
15	1.034326	0.741492
16	0.551045	0.610343
17	-1.26141	-1.03724
18	-1.62403	-2.29137
19	0.116031	0.03
20	-1.62403	-2.29137

附録：鴨長明『発心集』と日本人の素朴な信仰心について

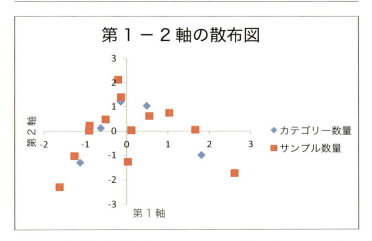

図1　数量化3類分析のソフトが自動作成したマップ：
5種類の文献に関する調査

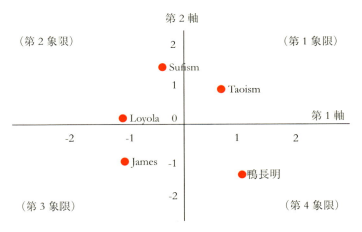

図2　ポジショニングマップの模式図：
5種類の文献に関する調査

127

すなわち、
（A）
　ウィリアム・ジェームス『宗教的経験の諸相』で扱っている米国キリスト教は、第三象限にある。イグナチオ・ロペス・ロヨラとは近くにプロットされている。
（B）
　井筒俊彦博士の著作におけるイスラムスーフィズムは、第二象限にあり、
（C）
　同様な中国の道教は第一象限にある。この二つは比較的に距離が近い位置にプロットされている。
（D）
　イグナチオ・ロペス・ロヨラの著作からうかがえるカトリックの信仰は、第二象限にあるが、原点に近く特別な位置にプロットされている。
（E）
　鴨長明『発心集』に見られる日本人の素朴な信仰心は、第四象限にあるが、原点から最も遠くにプロットされている。
　という結果になっている。

　ここにおいて、
　第1軸は
　　9：悟り、11：日本、14：仏　で、寄与が大きい。
　　18：結婚、20：回心、および、4：欧米、17：職業生活　で、

寄与が小さい。

第2軸は、
　5：アラビア、および、2：修行、6：内面探究　で、寄与が大きい。
　18：結婚、20：回心、および、9：悟り、11：日本、14：仏　で、寄与が小さい。
このような軸となっている。

以上のような結果が、得られた。

考察：
　考察を述べる。

(a)

　ウィリアム・ジェームス『宗教的経験の諸相』で扱っている米国キリスト教は、第三象限にある。キリスト教徒の回心といった宗教経験が主に掲載されている。イグナチオ・ロペス・ロヨラと近くにプロットされているのは、同じくキリスト教徒であり、欧米において神を信仰したこと、内面的な経験を重要視した姿勢、これらが類似しているためと考えられる。

(b)

　井筒俊彦博士の著作におけるイスラムスーフィズムは、

第二象限にあり、同様な中国の道教は第一象限にある。

イスラムスーフィズムは、アラビアに由来した神を信仰するイスラム教徒による、イスラム教の内面化運動である。中国の老荘思想を信奉する道教は、アジアにおける不老不死などを探究した内面的な修行といった特徴を持つ。

この二つは、距離が近い位置にプロットされている。

道教においては、不老長寿を求める神仙術という内面世界の探究を行う。これは、西洋における錬金術と同様に、一種の心的変容の過程を伴うものである——そのように、ユングは述べている。

また、スーフィズムでは、修行によって、自我を滅却して、忘我の恍惚の中で、神と神秘的に合一すること（ファナー fanā'）を究極の目標とする。

すなわち、両者は、内的世界の探究という共通点を持つ。

井筒俊彦博士による構造分析の手法を用いた研究においても、これら二つの類似性が指摘されている。

(c)

イグナチオ・ロペス・ロヨラの著作からうかがえるカトリックの信仰は、第二象限にある。キリスト教徒であり、神秘家でもある彼は、同時にイエズス会の創始者でもある。極めて活動的に伝道活動を行った。原点に近く、特別な位置にプロットされている。

(d)

　鴨長明『発心集』に見られる日本人の素朴な信仰心は、第四象限にある。日本で仏教を信仰したが、厭世的な視点が特徴である。その特殊性のゆえ、原点から最も遠くにプロットされていると考えられる。

(e)

　イグナチオ・ロペス・ロヨラは、原点に近く特別な位置にプロットされている。鴨長明『発心集』は、原点から最も遠くにプロットされている。

　イグナチオ・ロペス・ロヨラは、神秘家にして、活発な伝道活動を行った。

　それに対して、『発心集』は「仏の道を求めた隠遁者の説話集」であり、厭世的なものである。

　両者は、極めて対極的な内容を含んでいると言うことができる。

　以上、今回、5種類の文献に関する調査を行なった。研究方法としては、「統計データ分析」の方法を使用した。それにより、鴨長明『発心集』の特徴を明確化した。

[注釈4]
以下の文献を参照。
W．ジェイムス（著)、舛田啓三郎（訳）『宗教的経験の諸相（上）（下）』（岩波文庫）（岩波書店、1969 － 1970 年）

井筒俊彦、『スーフィズムと老荘思想　上・下』（井筒俊彦英文著作翻訳コレクション）（慶應義塾大学出版会、2019 年）
聖イグナチオ・デ・ロヨラ（著）、ホセ・ミゲル・バラ（訳）、『霊操（改訂版)』（新世社、2018 年、第三刷）
鴨長明（著）、浅見和彦・伊東玉美（訳注）『新版 発心集（上）（下）現代語訳付き』（角川ソフィア文庫）（KADOKAWA/ 角川学芸出版、2014 年）.

[注釈 5]
垣花秀武、『人類の知的遺産 27　イグナティウス・デ・ロヨラ』（講談社、1984 年）246 － 265 頁

[注釈 6]
伊藤和光、『日本文学の統計データ分析』（東京図書出版、2024 年）　11 － 24 頁

第 6 節：

　最後に、臨床心理学者・河合隼雄（1928 － 2007）京都大学名誉教授の研究を紹介しておきたい。

　河合隼雄博士は、『ユング心理学入門』（培風館版）において、大変興味深い事項を述べている［注釈 7］。

　日本が東洋と西洋の中間地帯、あるいはその接点として、その意識の構造も多分に両者の中間的性格をもっている（293 頁）。実情は他国の文化との調和とか統合というよりも、混合というのが最もふさわしい感じである（294 頁）。実のところ、他国の文化を、それを支えている根まで、そ

附録：鴨長明『発心集』と日本人の素朴な信仰心について

のまま移入することなど不可能といってよいほどのことなのだ（295頁）。

　ここで、だれの頭にも浮かんでくるであろう東洋と西洋の統合という言葉を述べるのに、筆者はちゅうちょを感じる（297頁）。キリスト教の宣教師であったヴィルヘルムは中国の文化に同化され、ついで帰国後は西洋の文化に再同化されるが、その過程はあまりに受動的同化であり、彼の心のなかの大問題である東洋と西洋の葛藤は、ともすれば無意識のものとなってしまう。このような葛藤に対して強力に対処してゆこうとする意識の努力なしには、やがてその葛藤は身体の健康を害するに至るとユングはいっている（298頁）。

　自己実現の過程とは、意識と無意識の相互作用によって生じてくるものであるとユングはいっている（298頁）。東洋と西洋の葛藤のなかに身を投げ入れて生き、その体験を通じて把握したものを明確にしてゆくこと、その過程こそが、多くの日本人にとって自己実現の過程となることと思う。

　これこそ、東洋と西洋の接点に位置している日本に与えられた課題であるということができるのである（298頁）。

　先に、第5節においては、海外における他宗教との比較を行った。すなわち、「統計データ分析」の方法を用いて、鴨長明『発心集』と海外の諸宗教とを比較検討した。

　その中で、イグナチウス・ロヨラは、原点に近く特別な

位置にプロットされている。鴨長明『発心集』は、原点から最も遠くにプロットされている。すなわち、イグナチウス・ロヨラは、神秘家にして、活発な伝道活動を行った。それに対して、『発心集』は「仏の道を求めた隠遁者の説話集」であり、厭世的なものである。両者は、極めて対極的な内容を含んでいる
　——このような点が、明確化された。

　河合隼雄教授は、日本が東洋と西洋の中間地帯、あるいはその接点として、その意識の構造も多分に両者の中間的性格をもっている。実情は他国の文化との調和とか統合というよりも、混合というのが最もふさわしい感じであると述べている。
　しかしながら、これはおそらく、明治維新により、さらには第二次大戦後に、近代化した日本に関するコメントであろうと思われる。鴨長明が生きた鎌倉時代初期の日本文化は、西洋文明とはおよそかけ離れたものであったと思う。
　日本人が本来有していた心的傾向は、西洋的な意識とは両極端なほど異なるものだっただろう。

　鴨長明『発心集』は、一言で言えば、「仏の道を求めた隠遁者」の説話集と言える。
　また、芭蕉の連句16巻576句の中にも、隠遁生活者・世捨て人・草庵生活者の記述が、非常に多くみられる。
　特に、俳諧七部集『猿蓑』という書物においては、それ

がスタイリッシュな生き方であると宣伝しているような傾向もみられると、筆者は考えている。
　ロヨラ、および、原始キリスト教会においてはパウロが、神秘体験をへた後に、勢力的な「布教活動」を行ったのとは、およそ対照的な生き方である。

　そのような背景を持つ日本人にとって、東洋と西洋の葛藤に対して強力に対処してゆこうとする意識の努力を行うこと、東洋と西洋の葛藤のなかに身を投げ入れて生きその体験を通じて把握したものを明確にしてゆくこと、すなわち、多くの日本人にとって自己実現の過程を行うことが、いかに困難なものであるか
　――このような問題も、頭によぎる。

　日本人にとって東洋と西洋の葛藤に対して強力に対処してゆこうとする意識の努力を行うこと、そのような問題については、「夏目漱石と近代日本の自我」に関する別の論考において、また、詳しく論述したいと筆者は考えている。

　鴨長明『発心集』は、さらには、その根底に流れているであろう「日本人の素朴な信仰心」という傾向は、私たちに多くの示唆を与えてくれるものであるといえる。

［注釈7］
河合隼雄、『ユング心理学入門』（培風館、2023年、初版第66刷）

292 − 298 頁

　なお、河合隼雄博士は培風館版のユング心理学入門を執筆するにあたり、遠藤周作の作品に関する記述を書いていた。しかし、それは編集者の「遠藤周作という人物は鋭い人だから止めておいた方が良い」という趣旨の助言により、出版物では削除された。後に、その遠藤周作に関する一節は、日本ユングクラブの会報（プシケー、思索社発刊、1982 − 1990）に掲載され公表されている。

　以上、遠藤周作に関する事項であることから、念のため、河合隼雄博士の『ユング心理学入門』（培風館版）について、興味深い事実を記載しておいた。

第 7 節：

（Ａ）　先にも述べたように、日本において、「神仏習合」（Syncretization of Shinto with Buddhism）は、極めて長く続いた歴史をもつ。

　このような神も仏も信仰するという、独特な信仰の形態も、日本人の根底にある素朴な信仰心の表れとも言えるかもしれない。

　現在においても日本人には、このような神仏習合といった傾向が、脈々と流れ続けている。

　すなわち、一般的に、正月には神道の神社に参拝して「初詣」をする。また、キリスト教のハロウィンやクリスマスの時期には、全国的に祝い事のムードとなる。さらに、家族が亡くなった後には、仏教にのっとった仏式で「葬儀」を行ったりする。

　日本人にとっては、それが自然なことである。特に、違

和感もない。

　原理原則を重要視する海外の人から見たら、「無宗教で単に儀礼的な慣習を行っている国民」であるようにも映るだろう。

　しかしながら、日本では、神道の神社で手を合わせて拝む時にも、仏式の葬儀で死者を弔う時にも、「ある種の信仰心の発露」として行っており、全くの慣習という訳でもない。

　それは、ルードルフ・オットーが述べたような「宗教的なものの核心にある聖なるものの体験」、すなわち「合理的に発達した宗教の核心にある非合理的なもの——感情や予覚による圧倒的な『聖なるもの』の経験」に近い。このように言えば、ある程度、海外の人々にも理解してもらえるであろうか。

　ちなみに彼は、その本質を「ヌミノーゼ」と名づけ、「現象学的・宗教哲学的な考察」を、彼の画期的な著書の中で展開している［注釈1：108頁］。

　それは、ユングの言葉を借りて言えば、「『普遍的な無意識』にある人類に共通の『元型』的なもの」と言えるかもしれない。

　日本人のケースでは、そのような聖なるものに対する畏怖心・崇拝・尊敬・願望といった要素が、いわゆる制度化

した宗教的なシステムに拘らずに、またいくつかの宗教的なシステムにまたがって、発露している様子が、見て取れる。
　——そう、筆者は考えている。

　宮沢賢治と遠藤周作、この２人は、それぞれ仏教徒・キリスト教徒としてのアイデンティティーを、極めて強く意識して生きた。

　日本人にしては、むしろ珍しいケースと言えるかもしれない。

　しかしながら、２人の根底には、日本人が共通して持っている素朴な宗教心が見て取れるように思う。

　すなわち、両者の集合的な無意識的な領域には、日本人が長い年月を経て培ってきた傾向性があり、少なからず、意識的な様々な努力に影響を及ぼしていたのかもしれない。

（B）このように言ってしまうと、誤解を生むことが多いかも知れないと思う。

　正確には、無意識という実体もなければ、信仰心といった実体がどこかにあるわけではない。

附録：鴨長明『発心集』と日本人の素朴な信仰心について

　ユングは、集合的な無意識という学説を唱えてはいる。しかしながら、それは、本人も気が付かないうちに、いつの間にかそのようなことをしてしまう傾向があるという意味合いである。例えば、日本人は一般的に、こういうことをよくやる傾向が多い。そのような意味合いで、ユングは学説を提唱している。

　それに対して、集合的無意識とか普遍的無意識といった造語を、わりあてた。彼があえてそのような誤解を生みやすい用語を作った背景には、フロイトに対抗して自分も独自の学説を生み出したいという野心が、多少は若い頃のユングにもあったのだろうと、筆者は推測している。

　ちなみに、ユングの先達であったフロイトに関しても、原書を読むと、診療していた患者はいつも言い間違いなどをしてしまう。そこから、本人は気づいていないけれども感情的なわだかまりのような「傾向性」があり、何気なくいつもそのような言い間違いをしてしまうと考えられる。そこから、「無意識」とか「コンプレックス」とかいった、非常に誤解を生みやすい専門用語を造語したことが分かる。

　特に、日本語で「コンプレックス」とカタカナで表記すると、「劣等感」という限定された特殊な意味合いの言葉に、現在の日本語では、なってしまっている。それも、フロイトやユングの学説が日本で、誤解されやすい大きな要因に

139

なっているように思う。

（C）宮沢賢治と遠藤周作に話しを戻すと、この二人は、一般的な日本人から見たら、たいへん真面目に宗教を生活の基本として生き抜いた。極めてまれな、日本人のように映る。
　すなわち、それぞれ仏教徒・キリスト教徒としてのアイデンティティーを、極めて強く意識して生きた二人である。

　しかしながら、両者の背景には、やはり、素朴に神社で手を合わせて拝むような、家族の葬式では仏式ながら素朴に死者を弔うような、そのような純真な傾向性が、二人の背景にはあると思われる。

　それは、日本人には一般的な傾向であり、鴨長明の時代にも、やはり見られたものである。すなわち、『発心集』の根底にも流れている日本人の傾向性と呼べるだろう。

　以上、この附録では、二人の作家に共通な、そして根底に低層流として流れていると思われる「日本人の素朴な信仰心」に関して、詳しく論述した。

　今後は、『夏目漱石と近代日本の自我』に関する論考、すなわち、日本人にとっての自己実現という課題についての論考を、まとめて公表したいと考えている。

■ 著者プロフィール ■

伊藤　和光（イトウ カズミツ）

1986 年　同志社大学神学部卒業（卒業研究：新約聖書学）
1995 年　東京大学医学部医学科卒業
2022 年　放送大学大学院修士課程修了（日本文学専攻）
現職：　高見丘眼科　院長
著書に、『日本文学の統計データ分析』『芭蕉連句の英訳と統計学的研究』『芭蕉連句の全訳：16 巻 576 句の英訳および解説と注釈』『コンタクトレンズ診療の実際』（以上は東京図書出版から発刊）など。

評論集：宮沢賢治と遠藤周作
―日本文学における宗教経験の諸相―

2024 年 9 月 18 日　初版第 1 刷発行

著　者　　伊藤 和光
発行所　　株式会社牧歌舎
　　　　　〒 664-0858　兵庫県伊丹市西台 1-6-13 伊丹コアビル 3F
　　　　　TEL.072-785-7240　FAX.072-785-7340
　　　　　http://bokkasha.com　代表者：竹林哲己
発売元　　株式会社星雲社（共同出版社・流通責任出版社）
　　　　　〒 112-0005　東京都文京区水道 1-3-30
　　　　　TEL.03-3868-3275　FAX.03-3868-6588
印刷製本　冊子印刷社（有限会社アイシー製本印刷）
Ⓒ Kazuritsu Ito 2024 Printed in Japan
ISBN 978-4-434-34615-6　C0095

落丁・乱丁本は、当社宛にお送りください。お取り替えいたします。